NF文庫
ノンフィクション

藤井軍曹の体験

最前線からの日中戦争

伊藤桂一

潮書房光人社

藤井軍曹の体験——目次

第一章

第二章

第三章

第四章

藤井軍曹の体験

最前線からの日中戦争

第一章

錦江作戦㈠

1

昭和十六年三月十二日、南昌の望城崗を出発して九日目、独歩第一〇五大隊第二中隊（松本隊）は、錦江《きんこう》沿いの道を六キロほど行軍し、午後二時には五公嶺を攻撃し、行手に三つある嶺の真ん中の山を占領し、頂上にたどり着いた。

藤井一等兵は、小休止時に、左右の山をみると、どの山にも人の動きがみえる。

（この山は第二中隊が一番乗りやな）

と、藤井一等兵が仲間に話しかけたその時、左の山から、不意に機関銃の狙撃が来た。つづいて右の山からも来る。つまり、双《ふた》つの山を陣取っているのは中国軍で、友軍はだれも山に登っていなかったのである。

「囲まれとるんじゃ、用心せにゃ」

と、初年兵同士が話し合った時には、まわりの銃声は、いちだんと激しくなった。藤井一等兵たちは、すぐに凹地に飛び込んで弾丸を避ける。初年兵として包囲に陥《お》ちたのははじめてである。古参の兵隊は、あわてる風もなく、応戦態勢をとっている。

凹地に飛び込んだ位置から、顔をのぞけて下の斜面をみると、通信班が通信機で信号を送っている。さらに、みつめていると、第一中隊が、山の斜面を頂上に向かって突撃を開始している。がんばれがんばれと、応援したい気分になる。みんな元気に攻めのぼっているからである。右の山は真碑嶺だと、だれかが教えてくれた。この突撃の効果があってか、この山からの敵弾は来なくなった。退去して行ったのである。

藤井一等兵は、こちら側の急坂を登って来たので、ひどく喉がかわいている。水筒はとうに空になっていた。戦友たちにきいても、みな水筒を飲みつくしていた。それで、藤井一等兵は、

「山を下りて水を汲んで来ます。いい流れがあったと思います。水筒を集めます」

といって、だれかれなく、まわりからいくつかの水筒を集めた。

「気いつけなあかんぞ。まわりじゅう敵や」

と、古参の兵隊は注意してくれたが、水汲みはもともと、下級の兵隊の仕事である。

「大丈夫です。任せとってください」

といい置いて、藤井一等兵は、山を駈け降りる。山を下り切って、渓流のほとりで、まず

清冽《せいれつ》な水を心ゆくまで飲み、水筒に水を満たすと、散発的にくる敵弾をかわしながら山を登る。水筒の水の重さで、走っては登れない。自分を励まし励まし、陣地へもどってくると、小隊長の縄田軍曹が、

「ようがんばってくれたのう、礼をいわないけんな。とはいえ、無茶をしおる」

と、半ばは褒《ほ》め、半ばは呆れたふうに笑う。

縄田軍曹を、軍曹で小隊長というのは、小隊長のつとまる、ごく古参の軍曹だからである。仲間たちからきいたのだが、縄田軍曹は山口県山陽町厚狭《あさ》の出身で、歩兵第四十二聯隊第六中隊出身。日支事変の最初から従軍し、長城突破作戦、太原攻略戦、歌で名高い徐州作戦、広東攻略にも参加、南寧作戦では九塘、崑崙関戦で戦功著しく、金鵄勲章を授与されている。

藤井一等兵は、その縄田小隊長から、

「谷底からの水汲みは、ま、殊勲乙ぞ。甲はやれん」

と、含みのある、冗談をいわれた。命令なく独断で行動したからであろう。

しばらくして、山麓から、伝令を一人連れて、岡村大隊副官が、悲壮な面持で登って来られ、

「敵は、偽装して、山麓を取り巻いている。敵勢は刻々と増している。敵の攻撃もまぢかいと思わねばならん。君達は背嚢を置いて、銃剣と手榴弾で武装し、敵が来たら突っ込め」

と、指示する。

（白兵戦になれば、これが最後かもしれない）

と、藤井一等兵は、覚悟をかためた。

すると、左の高地の斜面を、わが中隊の第一小隊が、擲弾筒の援護射撃を受けながら、縄田小隊長を先頭に、数名の一団で、頂上へ向かって突入している。少しおくれて、小隊がこれにつづいている。そのうち、山頂に、砲弾の炸裂がきこえた。麓にいる砲兵が攻撃をはじめたのである。縄田小隊が、頂上に突っ込んだ時には、敵はすでに敗走していた。

隊伍にもどってきた、縄田小隊長がいった。

「初年兵たちよ。ようきいとけ。敵はえらく数が多い。心して戦わにゃならんぞ」

淡々といったが、小隊長のは、長年の戦歴から出てきた言葉である。なにやら、身にしみてくるものがあった。

——ここで、藤井一等兵の経歴等について、少々触れておきたい。

藤井信一等兵は、昭和十五年七月二十五日、大阪にいて、八月一日入隊の臨時召集の赤紙を受けとっている。大同生命勤務の実直な社員で十年つとめていた。徴兵検査は二十歳の時第一乙種だったが、二十八歳で召集入隊となると、現役兵としては、十年近く差のある老兵ということになる。

藤井一等兵の原籍は山口県だが、現住所の住吉区の下宿から、ひとり暮らしだった気易さで、風呂敷包み一つを持って、入隊することになった。といっても、いったん原籍地へもどって、原籍地の軍隊へ入隊することになる。

藤井一等兵は、郷里の美祢《みね》郡秋吉村へ帰ってから、秋吉八幡宮での武運長久祈願、家族ほかとの別れの宴などで忙しく動き廻り、応召日の八月一日まで追われて、湯田《ゆだ》の旅館に地元の応召者一同とともに宿泊した。ここは温泉なので、宿で湯浴みをすると、だれもが皆、藤井一等兵より立派な体格をしている。農村の人がほとんどだからであり、心配したが、宿のおかみに励まされて、元気に出発している。

入隊先は、山口の歩兵第四十二聯隊第五中隊だった。同地区から入隊する郷土兵団なのだから、何かとなじみの人たちが顔を合わす。

藤井一等兵の場合も、軍医さんから親しく声をかけられている。兄の藤井正己が、軍医さんの弟さんが大阪聯隊に入隊した時、いろいろと世話をした、そのことの礼をいわれたのである。山口に限らないが、郷土兵団の強味は、郷土人相互に通《かよ》う、連帯感のためである。藤井一等兵も、正式にはまだ入隊前ながら、心強いものを感じた。

郷里の藤井一等兵の隣家は、村田凱一《ときいち》陸軍少将の家であって、家系としては村田家も藤井家も、毛利家の家臣としての血のつながりのある名家だった。藤井初年兵入隊の時は、村田少将が軍服で見送りに来られたので、隊では、将官の出迎えには敬礼のラッパを吹かねばならず、藤井初年兵まで、なにやら名誉な気分を覚えさせられたものである。しかし、こうしたことは逆に、隊内で先輩者のねたみを買って、余分な苦労をさせられることにもなった。

藤井初年兵は、入隊後の三ヵ月間、きびしい訓練にも耐えて、一期の検閲を秋吉台に実施されたのを、無事終了した。この検閲は、山口から秋吉台まで歩き、さらに秋季演習が秋吉台で行なわれた。これは検閲のような形式的なものでなく、秋吉台の大草原の夜間演習では闇夜を駈け廻って、戦闘演習をやる。実際の野戦生活を想定しての演習である。演習を終えると直ぐに、戦地への出動の噂がひろがった。昭和十五年十二月、日中戦争は、一段と深まりを見せて来ている。

藤井初年兵は、昭和十五年八月一日に入隊してから三ヵ月余りの訓練を終えて、いよいよ内地ともお別れの日が来た。一同、一等兵に進級している。昭和十五年十二月二十一日、宇品港から輸送船に乗り込んで、行方定めぬ征途に就くことになった。三隻の輸送船が共に出航する。

当時、軍事的行動は機密になっていたが、藤井一等兵の場合は、思いがけない人が、宇品港に見送りに来ていた。同級生で同村の津森君で、会うと、餞別を呉れた。見送りはむろん、餞別まで呉れるとはふしぎだったが、きいてみると、格別の事情があった。

藤井一等兵の実家は、昭和十四年六月に類焼していたが、この時の火事は田舎としては大火で、五軒の母屋と納屋が焼け、一〇棟以上が焼失している。この火事の火元が津森君の家だった。津森君の近隣三軒が焼けたが、藤井家はそこからかなり離れており、間に山もあり、まさか類焼するとは、だれも考えなかった。藤井一等兵の父親などは、火元の方角に消火に行っていたくらいだが、飛び火のため、藤井家と村田将軍の家の二軒も焼けたのである。

津森君としては、火元ということがつねに心の負担になっていて、藤井一等兵がいよいよ出征と知り、わざわざ宇品港まで来たのである。この火事の時、大阪で生活していた藤井一等兵のところへは、実家から「イエマルヤケ」という電報が来た。

この時、藤井一等兵が考えたことは、自分の家から火を出したのではないか、という心配である。藤井家の隣にも家があり類焼させているのでは？という不安もあり、それで、翌日銀行から預金を引き出し、会社にある社員預金も引き出して、帰郷している。幸い火元ではなかったが、火元という立場がいかに大変か、ということは、宇品港で、津森君に見舞われた時も、共感したことだった。

輸送船は、兵隊を船舶一杯に詰め込むので息苦しいし、出港すると船が揺れはじめる。しかし藤井一等兵は船には比較的強いので、なんとか頑張って、途中恙《つつが》なく、揚子江の眺めをみることになった。

輸送船は、河口の呉淞港《ウースン》に着いている。いよいよ、中国大陸への第一歩を踏むことになる。

2

呉淞では部隊編成が行なわれた。

昭和十五年十二月二十六日、独立歩兵第一〇五大隊に転属、同日藤井一等兵は、第二中隊に編入される。独立混成第二十旅団の、独立歩兵第一〇五大隊第二中隊要員として生活がはじまることになる。胸の底に、躍動する思いがある。この時の部隊編成を記しておきたい。

旅団長　　池田少将

大隊長　　森重中佐
第一中隊長　定岡中尉
第二中隊長　松本中尉
第三中隊長　吉川中尉
第四中隊長　古田中尉

部隊は右の編成で、昭和十五年十二月二十六日より昭和十六年二月二十四日まで、上海王浜及び南市で訓練を受けることになった。この訓練中、上海事変のきっかけとなった、大山大尉遭難の地、と書かれたところを行軍し、当時の説明をきかされている。

この上海には、多くの日本兵が集結していた。野戦帰りの古参兵も、内地帰還を待つ歴戦の勇士もいる。藤井一等兵たちの隊の下士官は、昭和十三年の現役、古兵は南寧、寧濵駐屯の第五師団への補充要員である。藤井一等兵たちは、出動を前にして、軍人勅諭の暗誦に苦労させられた。

——我国の軍隊は世々天皇の統率し給ふ所にぞある昔神武天皇躬づから大伴物部の、兵《つはもの》どもを率ひ中国《なかつくに》のまつろはぬものどもを討ち平げ給ひ高御座に即かせられて天下《あめのした》しろしめし給ひしより二千五百有余年を経ぬ……

右の、国軍の創世からの歴史、軍人の守るべき忠節、礼儀、武勇、信義、質素等の五ヵ條の訓戒と解説等は、耳に快い諭しの名文だが、かなり長いので暗記はむつかしく、しかし、試験があるので、藤井一等兵のみならず、暗記するのに寸暇を惜しんで苦労している。藤井一等兵は、人柄が忠実なので、覚え方も早く、この勅諭を朗誦していると、自然に心が洗われてくる思いがして、志を大切にしなければ、と、自戒の覚悟を深めることになった。勅諭の記憶試験というのは、前文二千八百字に及ぶ條文の中から、適宜の部分を抜いて、読み方まで書かねばならない。試験に合格した人は、古兵に一人、初年兵に一人しかいなかった。ただひとりの合格者の藤井一等兵は、おかげで上長の人たちから、別扱いの気分でみられることになった。

部隊は、昭和十六年の新年を上海で迎えた。早朝、遙かに皇居の方を拝し、この日は貨物廠支給の加給品（酒、タバコ、羊羹など）が出る。

二月二十日、部隊は呉淞桟橋から乗船して、揚子江を溯航する。渺茫《びょうぼう》として果てしない大河を、溯航しつづけて上流の九江に至ると、ここからは列車で南下、二月下旬には南昌（九江南方一二〇キロ）に到着、次期作戦の準備に移る。ここまでの途中、兵隊たちはみな揚子江岸の眺めに見惚れたが、一発の銃声もきかない、静かな旅の印象だった。

部隊は南昌に移動したが、原隊の第五師団は、この間に仏印から上海に移駐し、機械化部隊となって、馬や車両は、新編の独立混成第二十旅団に移譲させている。藤井一等兵らと上海に来た仲間のうちでも、第五師団の機械化部隊に編入される時、隊伍と別れて行った人たちもいる。藤井一等兵らの、年齢の多い人たちは、独立混成第二十旅団に残っている。この旅団は第一〇二、一〇三、一〇四、一〇五の四個の歩兵大隊から成っていた（この旅団はのちに、第七十師団編成の母体となり、兵団記号を〝槍〟と名づけられることになる）。

藤井一等兵らの独歩第一〇五大隊は、南昌に到着後、中国軍の軍官学校の跡と思われる望城崗兵舎に入った。錦江作戦が近づいているのに備えての準備がはじまる。南昌の兵舎に入ってまもなくのことだが、深夜に突然非常呼集があり、作戦出発命令が出された。燈火をつけられず、星明かりさえもない暗闇の中での、手さぐりで軍装を整えねばならない。作戦出動のための軍装というのは、たいへんに手間がかかる。糧秣受領、弾薬受領、炊事への食事分配などの仕事のほか、装備に追われる。

歩兵の軍装というのは、背嚢につけるものが外套、外被、円匙《えんぴ》（スコップ）、十字鍬《しゅう》（ツルハシ）、三食分の飯を詰めた飯盒、鉄帽、携行糧秣の主食甲（米）、乙（乾《かん》パン）、副食（罐詰）、調味料のほか着換えの襦袢、袴下、靴下や日用品は雑嚢に仕舞う。肩に水筒、腰に帯剣、弾薬一二〇発、藤井一等兵の場合は、ガス兵ということで、被甲（防毒面）を携行する。それだけのものを持って、集合命令による整列に並ぶと、荷の重みのため、そのまま立ってはいられない。前かがみになってしまう。三五キロくらいの重みである。

この重みに耐えて行軍することになる。藤井一等兵は、こんな荷を持ってどこまで歩けるのだろうか、と、心配したが、森重大隊長より「これから出発する」という命令と少々の訓示があって、それから三十分ほど行軍がつづいたが、途中で「状況終わり」の伝令が出て、この行動は演習だったのである。とはいえ、重要な作戦を控えての準備行動だった。

藤井一等兵らが、中国の戦場で、はじめて激しい銃火を浴びることになった錦江作戦は、概略、つぎの如き作戦事情がある。

南昌は中国軍の主要連絡路で、さきに日本軍が敵の補給路を遮断し、昭和十五年以降は、第三十四師団が南昌付近の警備に任じている。

中国軍は、つねに南昌の奪回を企図し、その攻撃は鋭く、日本軍との戦闘がくり返されていた。日本軍の当面していた中国軍は、精鋭として聞こえていた第九戦区軍（司令長官・薛《せつ》岳《がく》）に属する第十九集団軍約二〇万である。

昭和十六年二月十四日に、第三十三師団、第十七師団が、北支へ転用されることになり、警備兵力が手薄となり、その間隙に乗じる敵の攻撃を暫く抑えるため、陣前に出て一撃を加えておく、というのが、今次の錦江作戦の意図であった。この時、第三十四師団は、単なる一撃程度でなく、第十九集団軍司令部の上高まで深入し、敵根拠地を覆滅することを最初から考えていた。

錦江作戦の発起に当たって、藤井一等兵らの所属する独混第二十旅団は、第三十四師団（大阪師団・大賀中将指揮）の隷下に入り、錦江支隊となって、第三十四師団の上高攻略の左翼援護に任じ、また第一〇二大隊は独立の贛江《かんこう》支隊として、贛江西岸を南進するため、共に南昌の望城崗兵舎を発進した。当面の敵は中央直系軍の六個師で、錦江南岸を西進する旅団主力は、三月二十二日、石頭（上高東方二一〇キロ）付近に進出した。

ここで、第一〇五大隊の作戦事情に触れておきたい。藤井一等兵らが、南昌の望城崗を発してからの九日目の、五公嶺で、敵の銃弾を浴びたのが、それまでの道程である。

隊伍は、灰埠―石頭街―横游胡―高安を攻略して、南昌に帰着する作戦であった。この作戦では、作戦準備の一つに、錦江渡河が大きな課題だった。敵に感付かれぬよう、隠密裡に、夜間の架橋をする必要がある。架橋の方法は、舟艇を並べ、その上に軽渡橋を架けて渡る方法である。毎夜、夜半になると舟艇を運び、河岸近くの草むらにかくしておく作業がつづいた。

最初は四名一組で、一つの舟艇をかついで出発するが、暗夜のため足もとがあやうい。音は一切たてられない。道幅の狭くなったところでは、二人でかつがねばならない。白石分隊長は道が狭くなると、自分の小銃を突っ込んで舟艇を支えてくれる。藤井一等兵の労働力が弱いとみて、心配してくれるのである。この分隊長の親切は嬉しかった。

さて、いよいよ渡河がはじまると、敵は部隊の行動に気付いて、渡河点をめがけて機関銃弾を撃ち込んでくる。このため負傷者も出る。藤井一等兵にとっては、戦闘も、負傷者の出るのも、はじめてである。無我夢中で橋を渡り凹地に身をひそめる。弾丸はピュンピュンと音がする。弾着が高いからである。身を以て学ぶ弾道の感覚だった。

「びくびくせんでもええ、当たりゃアせん」と、古兵が教えてくれる。

藤井一等兵は、この時、第二中隊第二小隊に所属していた。この時の中隊は二個小隊と機関銃小隊との編成だった。第三小隊を編成するには兵員が不足していて、機関銃が各中隊に配属されて、中隊長の直接統率になっていた。本来、歩兵中隊は三個小隊編成である。この場合、機関銃中隊長は村田二郎中尉だった。第二中隊の編成は左記である。

中隊長　松本紀元中尉

指揮班長　藤井寛准尉に吉本曹長、梅本軍曹がつく

第一小隊長　縄田健一軍曹（小隊長代理）

第二小隊長　川之上憲一少尉

第一分隊長　白石富男兵長

第二分隊長　笹川忠兵長

第三分隊長　山根鉄雄兵長

第四分隊長　長野忠義兵長

第二、第三分隊の軽機射手は南野勇上等兵、見谷次郎上等兵だった。藤井一等兵は同じ分隊の長久一実、大谷藤一の両同年兵と梶本上等兵を頼りとした。身近な戦友である、第一分隊長の白石兵長は、藤井一等兵と同郷の阿武郡宝田郷の出身、第二分隊長の笹川兵長とともに、実にゆきとどいて親切な人だった。郷土兵団という言葉通り、格別に結びつきが堅い。

かくして錦江を渡河した隊伍のうち、第二中隊松本隊は、五公嶺で、敵の前線とぶつかって、錦江作戦初の、戦闘状況に突入してゆくことになった。

錦江作戦㈡

3

藤井一等兵らの所属した森重大隊（独歩一〇五大隊）の、錦江作戦進攻の行程を、重ねて復習しておくと、南昌を発して以後南進して、錦江河畔に至ると錦江に沿って西進、石頭付近で渡河、森重大隊は五公嶺付近で、敵の戦闘力旺盛な前線部隊と交戦する。藤井一等兵らの第二中隊のほか、各所で戦端がひらかれる。敵の抵抗が予想を絶して頑強なことが、次第にわかりかけてくる。

森重大隊の両翼には、第一〇三大隊（小野大隊）が塘里陳付近（挿図参照）で、敵の猛烈な反攻にさらされ、第四中隊長大西中尉、第二中隊長山本中尉とともに、小隊長以下多数の戦死傷を出したが、しかも戦況は一向に進展をみなかった。

ここにおいて、この作戦の苦境の状況が予見されはじめた。池田旅団長は、第一〇三大隊を灰埠まで、一時反転させるほどの窮地に立たされている。

また、中央部の第一〇四大隊（野村大隊）は、前衛大隊として払暁に引き続き、鶏公嶺（五公嶺南方）の北側、石頭南側に向かい敵を攻撃したが、敵は優勢に加えて戦意旺盛、大隊の進出は、一寸刻みで進捗せず、第二中隊長古賀中尉以下多数の犠牲を出す難渋の末、夕刻、夜襲の準備に入っている。両大隊の戦況も困難を極めていた。とにかく、前進を阻まれ、敵は立ちはだかってくる。

このような事情下において、第一〇五大隊の、速やかな進出が必要となった。三月二十日、大隊は、敵とのきびしい対峙のまま、一日が暮れ尽きている。軍が攻撃目標としている、上高（西方一〇〇キロ）が、よほど遠い地点にあるように思えた。

森重大隊は、三月二十一日前衛となり、西方界埠への攻略を図ったが、途中、丁涼、横游胡付近において敵の抗戦を受け、二十二日、二十三日の大激戦に向かうことになる。錦江渡河以来、各大中隊は灰埠、鶏公嶺、五里諶その他で交戦をくり返してきた。敵の布陣と密接し、日本軍と敵軍とが、時により入りまじる様相までを呈していた。

二十二日、第一〇五大隊は、錦江の岸に沿って、前進夜襲を企図したが、地形が中途より断崖のため、前進不能となり、夜襲は中止となった。

二十三日、部隊は錦江に近く、右へ第二中隊（松本隊）、左に第一中隊（定岡隊）が展開し、攻撃を開始した。敵は石頭（鶏公嶺西方）付近に堅固に布陣して散開している。敵は有利な地形を占領している。

対峙中、雨が降りはじめた。しとしとと陰気に降りしきり、壕には水がたまり、その中に、天幕をかぶって、寒さと飢えを、辛うじて耐えている。

中国軍は狙撃上手で、少しでも頭を出すと必ず狙撃が来る。兵器はよくないのだが、ひまに任せて熱心に訓練し、熟練している。特別な狙撃兵訓練も受けている。藤井一等兵はなにぶん初戦のため、気のやすまる隙はない。

雨など気にしてはいられない。部隊の移動にくっつき、右へ右へと山脚を移動してゆくうちに、クリークに行き当たった。移動命令により、クリークを利用して撤退してゆくことになった。凹地にへばりつくようにして、雨を衝いて、しきりなく来る銃弾を避けている。そのうち、だれからともなく、

「おい、退《さが》るぞ」

という声が出た。

藤井一等兵が、傍らにいる戦友が動かないので、ゆすぶって知らせると、動かない。なお動かしてみて、すでに、死去しているのがわかった。鉄兜に、狙撃弾が命中して死んだのである。様子をみていた古参兵が、任せろ、といって、死者を引きずり、クリークに浮かべるようにして移動させる。隊伍は、右へ移動しながら、クリーク沿いの地点で休止する。

雨中ながら、敵の銃弾は激しくなる一方で、身動きもできない。停止命令が出たまま、隊伍は山脚の一方で、待機をした。

何時頃であったか、激しい雨と銃声の中で、

「定岡隊は只今より突撃する。突撃っ！」

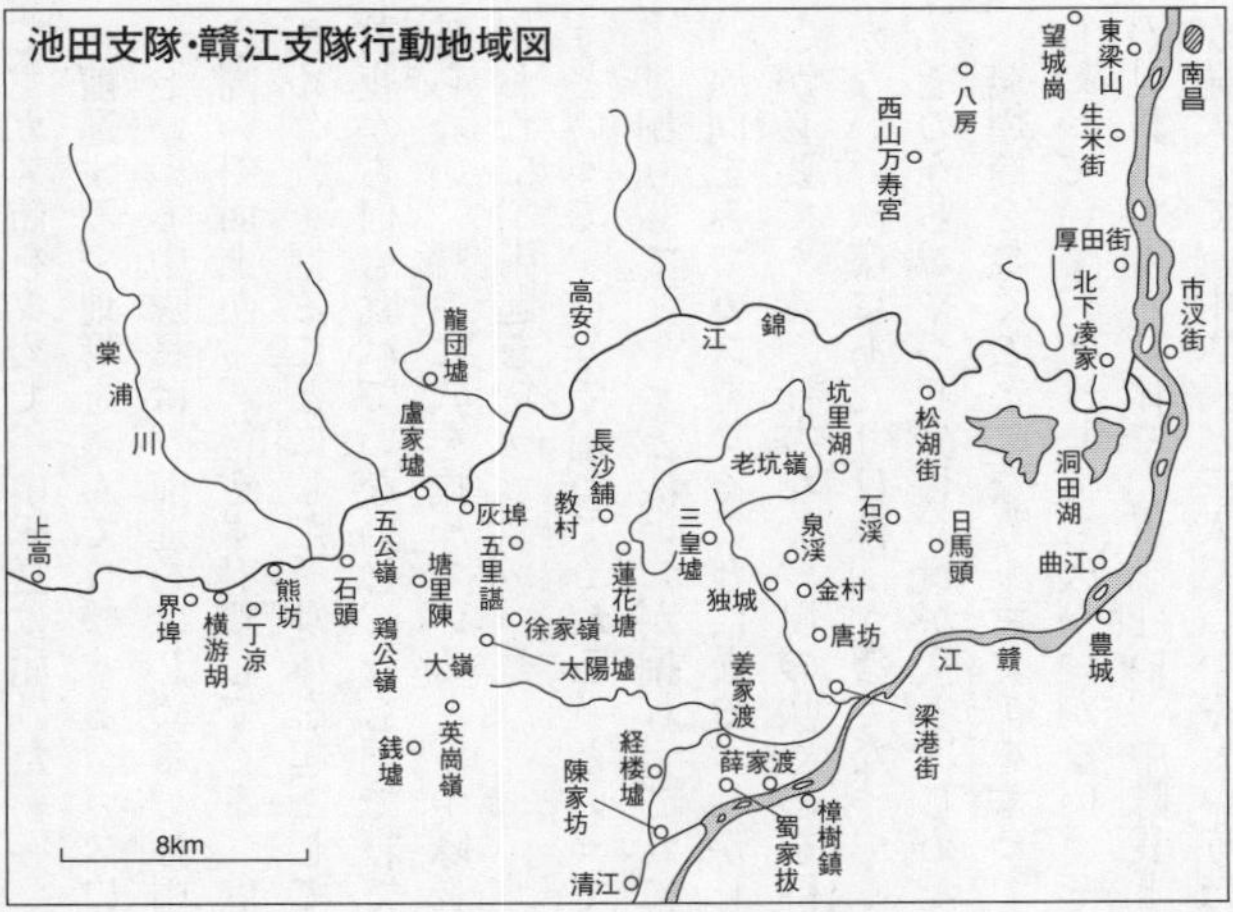

という、定岡隊長の号令が、あたりをつんざくようにきこえ、敵味方双方の、銃声と喊声が入りみだれ、緊迫感が周囲を圧した。叫喚と銃声が一刻深まり、やがて、熄《や》む。

定岡中隊が突っ込んだのだが、雨音も激しく様子はわからない。松本中隊は、地表にべったり伏せて、行動はしなかった。雨と銃弾の中、敵状もわからず、地形も不明で、動くに動けないのであろう。

中隊長松本中尉より、

「ガス兵、前へ」

の逓伝が来た。藤井一等兵は、ガス兵教育を受けているので、ガス弾（催涙ガスの赤筒）と防毒面を携行している。方向をさぐりながら、銃弾の降りしきる中を、中隊長をさぐりあてる。中隊長は、中隊の発煙筒を全部持ってくるよう、藤井一等兵に命じる。藤井一等兵は、散開している中隊の間を走り廻って、ガス筒を集めて、中隊長に届けた。

「前進する。地形を選んで攻撃する。ガスにつづいて突撃する。行くぞ」

といって中隊長は、前進をはじめる。弾雨の隙をみて、ガス兵も先に立つ。敵は、前面の小高い斜面上から、絶えず射撃してくる。危険で仕方がない。そこで、畠の中に体をかくすための穴を掘ることにした。身体を起こして穴を掘ると狙撃される。寝たまま掘るしかない。前夜から何も食べていないし、夜も雨で寝ていない。疲労困憊しているので、作業も容易に捗《はかど》らない。懸命に穴を掘っていると、中隊長がみかねて、

「おれに、円匙《えんび》を貸せ」

といって、自分で掘ってくれる。といっても捗らないのは同様である。それでも、交代しては掘りして、やっと浅い穴が掘れ、これに伏せた。

風向をみてガスを焚くことになる。しかし、風はない。敵側にガスが流れるように焚くことが必要である。仕方なく、風の吹くのを待つ。薄暮時は風が落ちるので、待てども風は吹かない。次第にあたりは薄闇が濃くなってくる。

そのうち、やっと少し、風が吹きはじめた。

発煙筒を焚くことになり、マッチをすって着火しようとしたが、前日来の雨で、着火点がしめっていて、どうしても火がつかない。それに、マッチの火がみえると、たちまちに銃弾が見舞ってくる。体で、火を庇《かば》い、中隊長と二人で着火しようとあせっていたら、突然赤筒が発火して、中隊長と二人で、いやというほど煙を吸い込んだ。涙は出るし、嘔吐はつくし、

苦しみも容易でない。発作が少しおさまってから、中隊長は、何かを一心に考えているようであった。そのうち、急に、

「帰るぞ、ついて来い」

と、ひとことといって、すたすたと真っ暗の夜道を、転進することになった。藤井一等兵は中隊長についたが、前の人にくっついてゆくのがやっとだった。

闇の道をたどり、やがて中国人部落に着いた。そこが、大隊本部のあった丁涼であった。

藤井一等兵は、ガスを焚くため、前に出るので、背嚢は残して行った。このことが気がかりだったが、さがしにゆくゆとりはなかった。

第一中隊の定岡隊が突撃した時、第二中隊にも命令が出ていたのではないか、と藤井一等兵は思ったが、よくわからない。雨と銃弾に邪魔されていたし、地形の不利もあって、中隊長は、ガスによる攻撃を先に試みようと考えたのかもしれない、と思えた。この夜は、雨を聞きながら夜を明かしている。

夜明けと同時に、遺体収容に行くことになった。定岡隊の突撃と、その結果については、藤井一等兵にも、およその察しはついていた。大隊本部には重傷者も後送されて来ている。突撃は成功したとはいえない。敵は、山を埋めるほどの数を擁していた。

山肌をよじのぼり、定岡隊が突撃して行った地点へ行ってみると、死屍累々の惨状である。この遺体収容に出向く時、中隊長は「藤井は行かんでもよい」といった。中隊長と同じくガスを吸い、身体の弱りをみてくれたからだろう。

しかし、藤井一等兵は、ガス兵の任務を考えて背嚢は置いて出て来ている。背嚢はとりもどしておきたかった。まだ、作戦はつづくのである。しかし、かまわず、遺体収容にくっついて行き、戦いの惨禍が、いかに大きいかが眼のあたりにみてわかり、深く胸を痛めた。勇壮に戦ったが報いられなかった。負傷者は、夜のうちに後送された者もいるが、死者は、そのまま放置されている。山肌のあちこちに散る遺体である。それも、十や十五ではない。遺体収容も容易な作業ではない。

遺体収容の作業を手伝いながら、藤井一等兵は、いい難い感慨を覚えた。第二中隊が、ガスを焚こうと焚くまいと、第一中隊と同時に山上を攻撃し突入していたら、おそらくは、いま眼前にみると同じ惨状に陥ちたはずである。定岡隊長は、第二中隊を押しのけるように前面に出て来て、突撃を敢行したのだ。しかし、敵第十九軍の戦力は、よほど充実していた。かれらも死力を賭して、日本軍の前進を阻もうとしたのである。

ガスを焚く時、風と雨のため、ガスは焚けなかった。そのあと、中隊長は、沈思黙考をつづけ、決意して、

「帰るぞ」

と、いった。撤退である。そのため、第二中隊は、ほとんど犠牲を出さず、こうして、第一中隊の遺体を収容している。涙ながらの作業だが、思いは複雑切実である。中隊長の思いはさらに切実複雑であったろう、と、一個の初戦の一等兵にしては、あまりに重い宿題を、藤井一等兵は課された気がした。

遺体収容作業のあと、定岡隊の事情がはっきりした。定岡隊は、中隊長定岡中尉負傷後送と藤井一等兵はきいている。川神第三小隊長戦死、河南、田中各小隊長や隊員の死傷は、実に六十余名を数えた。ほとんど全滅に近い死傷者である。

遺体収容のあと、中隊の休止地点にもどってみると、そこに、藤井一等兵の背嚢が置かれていた。中隊のだれかが、持って来てくれたのである。ありがたかったが、それがだれかはわからなかった。彼我の攻防のすさまじい時間の中で、とにかく、藤井一等兵は、ここまでは生きぬいてきたのだ。

錦江南岸地区は、このころ、菜の花のさかりで、部隊はどこも菜の花の間を縫って行軍し、戦い、苦戦し、菜の花の間を、前進した。景色は、彩りゆたかな江南の眺めだったが、敵陣はまことに堅固をきわめていた。

この、彼我共に死力を尽くし、入りみだれての攻防の模様の、初戦の一端を、「槍部隊史」(秋山博編)に拠って、のぞいてみたい。

4

〔三月二十二日の戦闘〕

明けて二十二日、前日来の連続で敵第二線を突破するため、右翼森重大隊は、左右に古田中隊と松本中隊を部署して、早朝より前進を開始した。

石頭付近の敵の抵抗は微弱で、松本中隊は同部落を一挙に通過して部落西端に進出した。このとき狼狽した敵の遺棄した書類の中に、第五一師の一団に対して授与された感状があった。授与した者の名は、蔣中正と書かれてあった。

古田中隊は水田を急進し、敵の退却に乗じ追撃した。古田中尉は独断、付近要点を確保する決心をし、延近機関銃隊の援護下、次々と陣地を奪い突進を続けて、長駆、石頭南西約二キロの高地を占領した。

暫くして、友軍機より通信筒の投下が二度あって、文面は何れも「貴隊は何隊なるや、何故に追撃せざるや」と書かれてあった。これは松本中隊と新名小隊が受けたが、新名少尉は、大隊本部とは遠く離れて孤立しており、通信筒を届けるなどの処置はしなかった。また現在地は、朝来、追撃に追撃を重ねて到達した地点で、既に友軍の前線より突出した感もあり、小隊単位でのこれ以上の前進は考えなかった。

この古田中隊の南西に前進した距離は長く、途中で野村大隊（第一〇四大隊）と交差したらしい。

進出した高地は野村大隊の正面とも思われる。両大隊の攻撃目標が何処の高地であり、戦闘地境がどの辺りで線画されていたのか、知る術もない。既に前日から一〇四は一〇五の受持ち地域へズレ込んでいたのではないか。

敵の左翼が弱かったことは、今朝の森重大隊の攻撃の結果でわかるが、もともと敵の重点は、その右翼（鶏公嶺が西北になだらかに下りて丘陵となる小松林）にあったと観察される。

このためかどうか、二十一日昼野村大隊は北へ片寄り、右大隊（この大隊は集結中で姿は見えない筈）との境目を少し越えたとも思われる。田ノ上中隊の正面が敵陣の中央部（重点）ではなかったか、その後同中隊も大隊本部、古賀中隊の方へ動いている。

支隊司令部は平尾中隊を鶏公嶺に残したのか、代って隊長を失った古賀中隊を直轄として〇五・〇〇出発。敵は左右と前方にあって弾雨を冒して行程約三キロ、錦江河畔に出た。夜明けには迫撃砲弾がしきりに集中し、十数名の負傷者が出た。支隊の後方を行く池田少将の身辺ですら砲弾に見舞われ十字射撃の中にあった。第一線も後方も彼我が交錯し紛戦状態であったことがわかる。

野村大隊の早朝からの石頭西南方高地（敵第二線）の攻撃は激戦となった。

突撃の喊声が二度あがる。どの中隊長の声か「突撃に、前へ、進め」と同時に三度目の喊声があがり、一団となって突撃する。敵の重機は狂うように射ちまくる。手榴弾が炸裂する。

田ノ上中隊の機関銃小隊（渡辺少尉）は、夜間分隊ごとに行動し小隊長の存在すら一時不明で、さ迷っていた。第二分隊長堀幾太郎上等兵は中隊主力をさがしあぐねた末、十字鍬を地面に立て、その転んだ方向へ歩きだしたところ、運よく主力をみつけた。中隊主力は強力な重火器の援兵を迎えて歓声をあげたが、これとても三方からの猛射に制圧されて頭はあげられず、高地斜面に伏せたまま。

そのうち、どうしたことか後方から弾丸がくるではないか。しかも正確に身辺をかすめる。忽ち負傷者が出る。堀上等兵は数発を受けて出血多量、しきりに「水をくれ」と訴えつづける。小川上等兵が「今水を飲むと出血がひどくなるから我慢しろ」という。堀上等兵の背嚢には歩兵操典、作戦要務令が遺されており、普通の兵隊は苦しい行軍でチリ紙すら重く感じる。本を作戦中も持ち歩く者など滅多に居ない。それ程に真面目な兵隊であった。細い声で「小川よ、お前だけは水を飲ませてくれると信じていた。お前もダメか」と悲痛な最期であった。

所詮、助からぬ生命であったのだ。あの時どうして飲ませてやらなかったのか、と、小川上等兵は生涯、忘れることができずにいる。

迫は飛んでくる。水冷式はうなる。チェッコはかん高く、三方より雨と注ぐ。野村大隊は高地脚にへばり付いて頭があげられない。

この時、何を勘違いし見誤ったのか、森重大隊が後方から射ちあげてきた（重機？）。森重大隊では、この回想をする者は全くいない。この時は両大隊は入り乱れており、たとえば古田中隊の前進は、恰《あたか》も野村大隊長命令による部署を思わせる程である。同大隊が野村大隊の後方にいたとすれば、充分あり得たことである。

本件に関しては、渡辺機関銃小隊（の一部）が詫びたという話もあり、真相は不明である。何れにせよ、後方からの友軍による射撃であったのは間違いない。

戦場は大混乱、死傷者が次々に転がる。処置なしとはこの修羅場のことか。

この時、菊地正美軍医少尉は沈着勇敢に衛生兵を指揮し、負傷者を手当て救護し、奮迅の活躍をした。危険を怖れず任務を遂行する軍医以下の姿は、多くの負傷兵を勇気づけ、見守る将兵一同も、死生紙一重の間にあって、感奮し士気はいささかも衰えなかった。

大隊長の乗馬の「軍武」は眉間を射ち抜かれ、馬取扱兵松江光男一等兵は、一束のたてがみを手に馬具を肩にして、泣きながら大隊長に報告する。それを宥《なだ》める野村中佐の指揮杖は敵弾に折れて散る。

左側の敵は続々と増え危険となった。折から小野大隊が戦闘加入し、大石嶺前方の高地の敵に対し攻撃のため前進してきた。右側も森重大隊主力の戦局が進展したので、左右からの圧迫は軽減され、やがて信号弾により、後方からの誤射も止んだ。

この間に本部が盗聴した敵無線の生の声は、（最後の一兵まで死守、ご安心を乞う）という意味のものであった。

大隊は漸く態勢を立て直し、木村中隊を第一線として攻撃を再興する。同中隊は右側高地からの妨害射撃のため前進困難となったので、大隊は攻撃重点を右高地に移すため、本部と白数中隊など主力は右へ移動した。

白数中隊は右より岩崎、影山、米原の各小隊が交互に躍進し、第一の高地を奪い地歩を占めた。敵は手榴弾を投げて逆襲して来たが、米原小隊第一分隊が撃退した。

引き続き中隊は、約五〇〇米《メートル》を突進し第二の高地に達したが、前面のトーチカ付近の敵弾は激しく、前進は困難であった。

この撲滅に先立ち〇七・四〇、第一分隊長篠原経祐伍長以下四名は敵情を偵察して帰り、攻撃に際しては先頭に立って小隊を誘導し、陣前三〇〇米《メートル》に肉迫、篠原肉迫攻撃班となり、トーチカの左側背より手榴弾四発を内部に投擲し〇八・三〇、一挙に突入し奪取した。

同時刻、右第一線岩崎小隊に対し、将校を先頭とする数十名が、手榴弾により逆襲してきたので、小隊は突進し白兵戦となった。飯塚岩吉上等兵は分隊長となっていたが、小隊の先頭を切って躍り込み、敵を撃退した。

以上で、鶏公嶺に始まる二夜二昼の連続した戦闘に区切りをつける。この間の野村大隊の奮戦は目覚ましく、二十一日夕からの三食は食べてなく、死傷者も多かった。

錦江作戦㈢

5

錦江作戦が、いかにきびしい苦戦の連続であり、しかも彼我入りみだれての戦線錯雑の様相を示した戦闘であったかは、前述の「槍部隊史」中の引用でわかっていただけよう。

もっとも、藤井一等兵が経験した錦江作戦の当初は、まだ、槍部隊（第七十師団）は創設されていない。この当時は「独立混成第二十旅団」として作戦に参加している。

錦江作戦間、森重大隊第二中隊（松本隊）が、敵中への突撃を中止した点については、のちに、藤井一等兵は（中隊長のあの長い沈思黙考は、大隊長命令と部下の生命との板ばさみの岐路にあって、苦しい選択を迫られたのだろう）と思っている。定岡隊の悲壮な突撃とその悲痛な結果をみてきた藤井一等兵には、指揮官の苦衷がよくわかる気がしていた。やはり、部下への愛情の重さに苦しまれたのである。そうして、全責任を自身に課し、一人は挺身し、一人は死に等しい苦悩を身に負うことになる。一個の初戦の兵隊の身には、たしかに、理解のむつかしい問題点である。

松本第二中隊長は、大隊長にかなり叱責されたらしく、催涙ガスも吸い込んでいたし、翌朝は歩くにも衰えがみえていたほどだったという。部下たちの、中隊長への同情の声を藤井一等兵は、それとなく聞かされている。ガス兵一等兵の、身にしみる学習ということになる。

藤井一等兵はさらに、遺体収容の体験について、つぎのような感懐を手記している。

――遺体収容の時だが、ほとんどの遺体が服などを身につけていなかったように記憶している（中国兵は、自隊の死傷者を運び出す時、敵の遺棄死体から、服を剥ぎ、靴を掠め、身につけている私物類なども奪ってゆくので、裸同然の遺体だけが放置されるのである）。寒い朝だった。異国の野に、裸同然に放り出されている有様を眼のあたりに見て、ここでは死にたくないと、強く意識した。

私たちの反転を思う時、もし今朝も敵が反撃して来れば、恐らく一かけらの骨も拾ってもらえないような気がして、同じ死ぬのなら、せめて戦友に骨を拾ってもらえるところで死にたいと、切実に思った。あのような乱戦では、収容など叶うまいと思ったが、この時は全部の遺体を収容した。私はこの時、自分の死体が、異国の野にさらされて朽ち果てるのを想像するのには耐えがたいものがあった。

人は死を覚悟していても、自分の骨はだれかに拾ってもらえるという安心感が欲しいのではあるまいか、戦場という異常な状況の下であっても、片腕でも、いや小指一本でも、戦友に焼いてもらって胸に抱かれて、やがては生まれ故郷の土に葬ってもらいたいと念願するのは、無理というものであろうか。

私は兵隊として、戦場の遺骨は大切にしなければと思った。遺骨を白い布で首に掛けて歩く。尊いものをだいじにする、という考えを、胸に刻みつけた。

私の思いは、中華民国江西省上高県横游胡の段々畑を今でも思い出す。菜種畑の中を各個前進して、弾丸の中をくぐりぬけて、山麓の死角に辿《たど》りついた時の安堵感。今でも菜種の花が黄色い絨毯《じゆうたん》を敷きつめたように咲きみだれているだろうか。

第一中隊の戦友のあの最後の声は、私は終生忘れることはできない。ただ、安らかに眠ってくれと祈るのみである（この時は、収容した六八体が、菜種の咲く水辺に整然と並べられた。検死や調査、報告のためである。遺体は鄭重に浄められ、白布で巻かれて荼毘《だび》に付されるる）。

右の、藤井一等兵の感懐を「槍部隊史」の「丁涼・横游胡付近の戦闘」の記述から拾ってみる。これは、大賀兵団（第三十四師団）が上高へ進出しようと意図して進攻した、その途中の戦闘の一環だが、上高進攻については、はじめに、その概略について触れておかねばならない。この錦江作戦は、日本軍が大敗した作戦で、中国軍の羅卓英集団軍司令は、のちにこの作戦を、中国軍の有史以来の特筆すべき勝利の戦いと、大々的に報道している。

大賀兵団は、棠浦《とうほ》川（錦江支流）を十九日に渡河し、桃花の咲き満ちた渡河地点の敵軍を駆逐して進み、泗沱に突入、爾後、彼我入り乱れての状況のまま、上高へ迫っている。しかし、上高の守りは堅く、この間の模様を中国側の戦史は、次のように述べている。

——三月二十二日ヨリ二十五日マデ　我軍ハ敵軍ヲ包囲シ終日戦闘シタ。敵ハ死ヲ冒シテ挺身シ空軍火器ノ威力ヲ最大限ニ発揮シテ　我ガ上高核心陣地ノ撃破ヲ企図シタ。聶家及ビ下破橋一帯ハ屢々《しばしば》失イ屢々取得シタ。敵機ハ終日助戦シタ。戦況ハ非常ニ惨烈。我ガ七四軍ハ強靭ニ抵抗シ北カラ南ヘ七〇軍及ビ錦江南岸ノ四九軍デ包囲シテ縮小シタ。敵兵ハ我ノ厳重ナル包囲ノ中ニアッテ敵ノ死傷ハ枕ヲナラベタ。敵ハ全線デ支エルコトガ不能トナリ　二十四日黄昏ニ突囲ヲ開始シタ。

右の記述においては、敵は日本軍の司令部を包囲しており、攻防がくり返されている。しかし、敵の攻撃力は次第に強まり、司令部の立場も危うさを増して来る。敵は近接をくり返し、遂には師団長の行李が奪われるほど切迫する。後日、中国の新聞は、行李の件を誇大に宣伝利用し、大賀中将は戦死せり、とまで報じた。

こうした状況下、二十三日、敵の激しい抵抗と、我が軍の死傷多数の戦況をみて、遂に上高突入を断念するに至った。砲撃だけは、つづけさせた。城内に黒煙の上がったのは、二十四日一四・〇〇である。

大賀兵団は、苦戦と敗走を迫られ、司令部のあった畢家《ひっか》まで来て、二十七日に桜井兵団（第三十三師団）と連絡できた。

大賀兵団は、なおも敵からの敗走を、二十八日まで（苦戦をつづけつつ）重ね、棠浦川を渡っている。

大賀兵団の、丁涼・横游胡付近での戦闘の実状は左記である。錦江作戦を、具体的にもっともよく伝える内容といえよう。（挿図参照）

6

〔丁涼・横游胡付近の戦闘〕

二十三日、大賀兵団は上高の北方で、城壁を指呼の間で激戦中、支隊の上高付近への前進は急がれた。上高まで約一七キロの途中の地形上の難所は、現在地より灰埠までの約五キロの間、錦江が曲折し、高地が河岸に接し地形複雑である。これを突破すれば、平地を一挙に前進できるものと思われた。

森重大隊の前衛の任務は重い。何としても難所に挑み、敵陣を突破しなければならない。灰埠確保のため旅団直轄となった吉川中隊は、十九日夕刻以来、同地にいたので大隊は三個中隊であった。夜明け前から壕を掘った。春とはいえ三月の雨は冷たく、壕に溜まった水に浸っていた。

この作戦に森重大隊は、定岡中隊のみ三個小隊編成で、他の三個中隊は二個小隊編成で出動した。機関銃は臨時機関銃中隊として、村田二郎中尉が統轄した。

右第一線は第二中隊・松本中尉〔第一小隊・縄田軍曹、第二小隊・川之上少尉、機関銃小隊・田中政樹少尉、指揮班・藤井寛准尉〕。左第一線は第一中隊・定岡大尉〔第一小隊・田中乙治中尉、第二小隊・河南少尉の後任者不明、第三小隊・川神茂准尉、機関銃小隊・末田少尉、指揮班・大塩勇曹長〕。丁涼部落に第四中隊・古田中尉〔第一小隊・井場少尉、第二小隊・新名少尉、指揮班・和田正義准尉〕。

台地を背にした横游胡の部落まで五〇〇米《メートル》を配属山砲、聯隊砲、機関銃の援護射撃の下に攻撃開始したのは〇七・〇〇頃。

戦場は一面の麦畑と菜畑で敵弾は茎を薙ぎ倒し、少しでも動き頭をあげると菜の花が散った。匍匐《ほふく》して進む時に揺れる黄の波を目がけ、チェッコ軽機が集中し花びらが舞いあがる。援護の重機は頭上一米《メートル》の低い弾道で部落と台地の敵に猛射を浴びせ、聯隊砲、旅団砲兵の砲声は殷々《いんいん》として低い雲に谺《こだま》して雨を呼ぶようであった。

敵の迫撃砲弾は周辺に炸裂し、部落望楼下の水冷式重機に制圧されて、定岡中隊は死傷続出する。それでも昼間、辛うじて部落に接近、突撃準備した頃は夕刻であった。

定岡大尉は、擲弾筒三発、最終弾着に膚接し突撃命令を下した。擲弾筒手は何発撃ったのか、溜まったガスはそのままでスピンドル油を流し込んで撃つ、分画は切れなくなり、発射音のため耳は聞こえず。

一斉に突進する身辺に霰《あられ》のように降る敵弾に、多くの兵が倒れ死傷者が続出した。クリークに拒まれたが、なおも屈せず越える兵、落ち込む者。中隊は横游胡部落に突入し、引き続

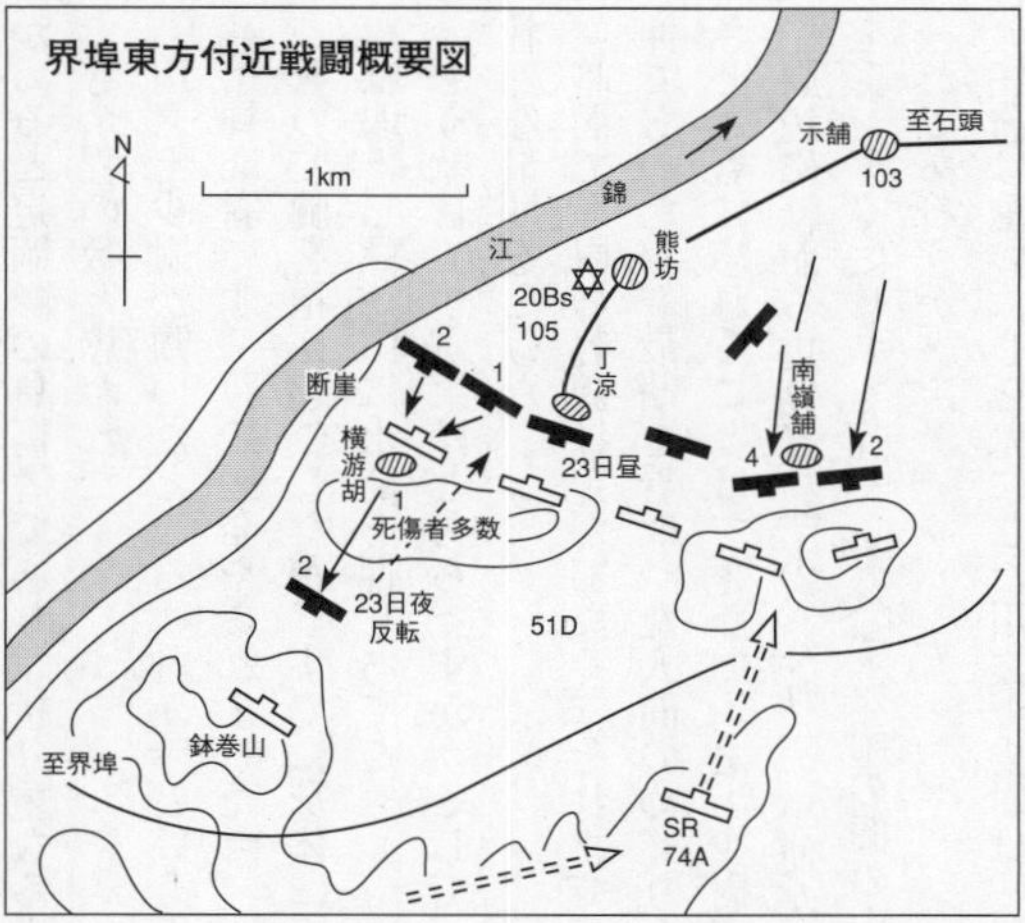

界埠東方付近戦闘概要図

き台地に前進したが、前方の高地鉢巻山の迫撃砲陣地よりの集中砲撃により前進は困難となり攻撃は停頓した。やがて夜となった。

丁涼の前面の敵は白壁の家を拠点として三方より攻撃したので、古田中隊も激戦となった。敵の攻撃重点は、この部落の奪取にあるらしく、多数を恃《たの》んで包囲攻撃し突撃をくり返した。激しい射撃戦が展開され末田分隊の軽機は約四〇〇〇発を発射、中隊の残弾が心配されてきた。聯隊砲もまた残弾五発、指揮班長飯島伝軍曹は帯剣による白兵戦闘を準備させた。

松本中隊は進出した台地に取り付いて、更に前進を図るが、飛び出すと忽ちやられるので、膠着状態となった。また、左の定岡中隊が右に寄りながら進んだので、松本中隊の前面に出た。定岡中隊を援護する形となったまま、松本中隊は夕刻まで前進が捗《はかど》らなかった。

夜になって松本中隊が高地に前進したところ、暗い中で呻き声とうごめく姿があり、確かめると定岡隊の負傷者であり、折り重なるように諸所に点々と倒れていた。その数は闇夜でも余程の数と思われた。

川之上少尉が躓《つまず》いたところ「誰か」という者があり「第二中隊の川之上だ」と応じた。「川神准尉です。腹に三発やられました」

驚いて胸を抱え起こしたが、すでに身体に弾力がない。励ますが「水を下さい」と、その声は弱々しい。口に水筒を押しあてた。

「もう駄目です、東はどちらですか」そして、残る力を絞って「天皇陛下万歳」従容として壮烈な最期をとげた。

暗闇で准尉の容貌は定かでなく、それまで言葉を交わしたこともなく、ただ名前のみ知る仲であったが、最期を看取った人間のめぐり合わせを、准尉の泥水にまみれた軍衣の冷めたさとともに忘れることはできない川之上少尉であった。

周辺に転がる重傷者、「水をくれ」「小便が出ん」「寒い」「何とかしてくれ」「歩けん、足を真っすぐにしてくれ」。すべては雨の闇の中、もし昼であれば果たして見過ごすことができたであろうか。

任務は重い。心を鬼にした川之上少尉は、任務にわれを引き戻し、感動と非情を振り棄てるように、低く「前進」といわざるを得なかった。

松本中隊は迫撃砲陣地のある鉢巻山を夜襲により奪取するため、音もなく闇に姿を消した。ここは江西省上高県横游胡南方台地、三月二十三日小雨の深夜。戦場は静寂にして悲惨、時は破局へ容赦なく無情を刻みつづけていた。

〔灰埠の守備戦闘〕

小野大隊（第一〇三大隊）の鈴木中隊は支隊の患者百余名を護送し、二十一日一六・〇〇頃、灰埠に到着し旅団直轄となった。そして、一昨日以来、同地を守備していた森重大隊吉川中隊と交代した。吉川中隊は高安警備のため出発した。

翌二十二日二〇・二〇頃、食糧収集のため灰埠北方へ行動中の第三小隊長安保正一准尉指揮する混成小隊は同地北方約二キロ地点で敵と不期遭遇し交戦、捕虜八名を得た。同捕虜により同日午後、五一師が石頭付近の支隊主力の背後を攻撃する企図であることを察知した。

鈴木中隊は灰埠付近で敵を牽制し支隊の後方を安全にするため一戦を予期して灰埠南方獅子嶺高地を占領し、敵方に向け南面して左に中隊主力、右に安保小隊が陣地を構えた。患者は灰埠部落の西南角高地の独立家屋寺院に収容した。この建物は横五〇米、縦三〇米ばかりで厚い頑丈な外壁に囲まれていた。あとで考えると、この壁の強度（厚さ二〇糎《センチ》）と高さ六米に助けられて、家屋防御戦闘を守り通すことができた一因である。

果たして一五・〇〇頃、敵大部隊が前進して来た。その状況を機関銃分隊長山根一三軍曹の回想によれば、群をなし真っ黒に見える多数の敵であり、柴田上等兵が患者収容所に報告に走った。

敵は南方稜線上に各指揮官らしき数名が集まり、攻撃命令の下達らしい様子と見えた。間もなく敵は各種重火器の援護の下に、鈴木中隊の全正面に攻撃を開始した。わけても安保小隊の正面を重点に選んだらしく、忽《たちま》ち陣地は土煙、砂ぼこりの弾幕となり、陸前に接近する中国兵の姿が見えなくなった。まさに夏の夕立のように、敵弾が集中した。

各小隊は陣地に噛《かじ》りついて、必死の応戦を繰り返し、辛うじて支えたが、彼我の兵力、火力の格段の差を考えるとき、果たして最後まで現態勢を保持できるかどうか、何れ突破される恐れがあり、敵は包囲態勢をとり始め、患者収容所が憂慮された。

鈴木中尉は早くも佐藤軍医中尉へ連絡した。

「弾薬は何時までも続くものではない。弾薬欠乏し、とくに機関銃が全弾を射ちつくした時、全員敵中に突入する決心である。救護班の指揮官は最後の処置を考えおかれたし」と患者救護班に悲愴な空気が漲《みなぎ》った。

この時、歴戦の吉田龍男中尉は、幾度か死線を越えた経験により、意見具申した。

「中隊の原任務はあくまで患者の警護である。この状況下では患者に身近く兵力を一点に集中し、大きく堅牢な独立家屋に拠り、専守防禦に徹し、持久を図るのが適当な処置である」と。

これにより中隊は前線を収束し、夜間を利して建物に集合したので患者一同は心強く覚えたのである。

敵は夜間にも攻撃して来たが、執拗ではなく散発的であり、探りを入れるかに見えた。袋の鼠の日本軍をゆっくり捕えるのか、戦法を変えたようにも思えた。

日本軍をひと押しした結果、灰埠の日本軍は牛刀の前の鶏のような小敵であると知った敵は、片手であしらうつもりか、本来の目的とした支隊主力に対する待ち伏せ攻撃の方へ気をとられていた。しかし、予期に反し石頭付近の日本軍は灰埠の方へ退却しては来なくて、熊坊へ前進の情報も入って、敵の師長は思案のひとときであったのか。

大賀兵団の第一野戦病院を主体として編成された第一救護班は、病院長代理佐藤寛中尉を班長とし、谷軍医少尉、西村軍医少尉、仲薬剤少尉、衛生隊二個分隊、行李二個分隊で編成されており、苦力《クーリー》一隊四〇名が患者食糧ほかを運搬するため雇われていた。

なお第二救護班（第二野戦病院主体）は大賀兵団に直属していた。

小野大隊の土田軍医少尉は、病気のため作戦に参加せず、代わって旅団司令部から石川軍医少尉が小野部隊に配属されていて、鈴木中隊と行動を共にしていた。

二十三日、敵は包囲を解いて一時後退したが、これは一部を残して主力は石頭方面へ引き返したものと思われる。午後に至り、敵は前方高地一帯に現われ、陣地を構築していた。やがて迫撃砲の砲撃開始と同時に攻撃してきた。突撃ラッパを鳴らし突撃して来るのを再三撃退した。

この日昼間の敵の戦法は、砲撃が主なるものであったらしく、数百発を受けたが致命的な弾着はなかった。第二小隊長坂本少尉以下数名の負傷者が出た。夜は建物に近い攻防が明け方までつづいた。

二十四日、敵は昼間より熾烈な攻撃をした。わが方は弾薬よりも先に食糧が乏しくなって、一日に一袋の乾麺包となった。

患者にとっては友軍を信頼するだけであった。衛生兵と動ける患者は小銃、竹槍を手にした。絶体絶命、佐藤軍医中尉は最後の決断をした。救護班の将校と下士官に集合を命じ、悲愴な決意を表わした。

「状況は諸官の知る通りである。護衛中隊では師団、旅団に状況を報告しているが救援は期待できない。各部隊とも敵の重囲下にあるのだ。敵は大兵力で包囲を縮めている。わが方の弾薬が尽きたとみれば突入してくるであろう。その時は最期である。衛生隊と行李隊全員に遺書を書かせよ。将校と下士官は刺し違えて自決せよ。兵隊は手榴弾で自爆せよ。患者は他部隊の将兵であるが日本軍人として自決するよう伝える」

佐藤中尉の顔は苦渋にみちていたが、態度言語には断乎とした気迫が感じられた。全員運命を共にする一方では、誰しも不安の我慢比べであった。

衛生兵、輜重兵ともに戦闘兵種ではないが、日本軍人として誇りを持って潔く自決の覚悟を決めたのか、鉛筆を走らす兵隊の眼は据わっていた。

中国軍にも日本軍人の精神を理解できる将校もあろう、語り伝えるであろう。人間最期と悟ればかくも冷静になるのか、落ち着いて筆先を見つめる軍医将校がいた。

入院患者（灰埠の場合はそうである）に対して最先任ではあるが、軍医将校の指揮権がどこまで及ぶのかはっきりしない。この時、患者を敵の蹂躙に委せぬため、毒薬を準備したなどの話は、全くの流言である。

最先任軍医将校としては、他部隊の兵を治療のため預かっている立場であるので「区処指揮」という権限を持つに過ぎないので、患者に対しては日本軍人として見苦しい最期はするな、捕虜にはなるな程度で、遠回しに自決を促すことに止まり、自ら注射器をとって死に至らしめるような処置はしないし、そのような権限はない筈である。

鶏公嶺で負傷した山方少尉は、ただ一名の将校患者であった（当人の言）。が、患者の代表とみられたのか、軍医から全患者の取り扱い処置に関して、相談を受け将校としての意見と希望を聞かれた由であるが、具体的な応答内容は忘れている。ただ一点、軍医の最先任指揮者または護衛の歩兵中隊長の何れかの命令に従うのみ、と伝えたのを記憶している。

錦江作戦㈣

7

鈴木中隊長としては、患者は佐藤軍医が全責任で預かっているのであり、護衛中隊は患者を守る任務であるので、患者のことに口出しはしない。たとえ中隊は全滅しても任務は尽くしたことになる。

この日、二十四日の昼夜が守備戦闘のヤマ場であった。二六師は西方からラッパの威勢に励まされて連続して突撃して来る。患者は這《は》って「銃はないか、銃を貸してくれ」と守備兵の足に縋《すが》る。

飛来した友軍機に対して敵方を示して合図したが、乗員にわかったかどうか。しきりに旋回して偵察するようで、爆撃はしなかったが、状況を察してくれたものと思い心強かった。軍も見殺しにはすまい、何とか考えてはくれると一抹の希望を託した。

夜になって敵は外壁に蝟集《いしゅう》して窓から火の束を投げ入れる。梯子を掛けたのを内側から外す争い。

手榴弾は外から内から双方が交互に窓を確保した方が勝つ。銃口を窓から差し出して発射するのも彼我が代わるがわる順番である。患者も応戦、山方少尉は起てないまま窓をめがけて拳銃で防ぐ。

刻々と命を削るように時は過ぎ、夜どおしの戦闘が続く、患者の場所に手榴弾が集められた。敵に投げつけ道連れにもしようが、戦友と抱き合って自爆するのはどの手榴弾になるのだろうか、じっと確かめるように見つめている患者。

守備兵を含め約四〇〇名の集団は生死の関頭にあって混乱することもなく、自分の任務を黙々と遂行していた。患者の中には分隊長など下士官も多くいて、胸の中には第五師団の誇りが火のように燃えていた。

幾たびか戦友の死を看取っており、今度は俺の番か、動けぬ身体でジタバタしても仕方ない。その落ち着いた態度は全患者に伝わり冷静であった。やはり下士官の態度の影響は大きいものである。

大阪地方出身の衛生兵も弾雨の洗礼を受けるのは稀であろうに、幹部軍医の平素の教育と軍医の人格によるものか、全員が乱れず命令どおり動いて見事であった。

しかし何といっても、敵を防いでいる守備兵の発声と動作に、全隊は影響されるものである。

財間、安保の小隊長は割り当てられた部署を部下を激励して死守する。叶原曹長は坂本少尉を継いで第二小隊の指揮をとって奮戦した。わけても門田清右衛門曹長の活躍は目ざましく、最も破られ易いと見えた正門に対して正面の中庭広場に据えられた重機の横に仁王立ち、その指揮の態度は実に頼もしく、部下の士気に大きい影響を与えた。戦闘間の兵隊は上官の顔色、態度を見て行動するものである。

鈴木中隊の動きはそのまま衛生部門に伝わり、次に患者に及び、全体の雰囲気は悲観的な中にも明るさが戻ってきた。

鈴木中尉は最後と見たのか、吉田中尉に対し、将校は刺し違えて死のうといい出した。これに対して吉田中尉は笑って応えず「まだまだ」とまでで、あとの「あわてるな」は相手は上官であり、さすがに憚《はば》かられ言葉を呑み込んで受け流した。

吉田中尉は冷静沈着そのものであった。幾度かの死線を経験した悠然とした態度は、門田曹長の動に対して静。これら安保、叶原などの支那事変当初からの古強者の呼吸が一致していた。

昭和十一、十二年組の軍曹級は、幹部と兵隊の間のパイプ役で頑張った。十三年兵も南寧、江湾補充も全員が歩四十一、山田（鉄）、納見聯隊の伝統と誇りを辱しめることなく、最後まで守って潔く散る覚悟をきめていた。

二十五日、昨夜は何とか持ち耐えた。朝来敵は建物付近より引き揚げ、態勢を建て直して攻撃して来た。重機は中庭から正門の右側の屋根に据えられて、銃身も焼けるばかりの猛射撃を加えて敵を寄せつけない。

今日こそは友軍が来てくれるであろう、昨晩の火の束の攻撃は二度と防げないし、敵は外壁破壊の爆薬を用意するであろう。今日の昼が最後だと気をとり直して応戦していた。午前、突然にスコールのような響き音がしてきた。目を空に向けると飛行機が十数機の大群をなして頭上をかすめた。真紅の日の丸が近くに鮮やかで、暫く旋回していたが大爆撃が始まった。

水平に或いは急降下で小型の爆弾を雨あられのように投下した。炸裂し黒煙があがる、樹は裂けて吹き飛ぶ、眼前の五〇米《メートル》で炸裂するもの遠くて五〇〇米、実に正確に敵を捉えており無駄な弾着は一発もない。皆今までの苦しみを忘れ、手をたたいて喜び溜飲を下げたのである。

この最中に友軍が遥かに見えた。敵の混乱に乗じ、門田曹長は囲みを破って連絡に飛んで行った。小野部隊が獅子嶺高地を攻撃するため接近していたのであった。同曹長は詳しく敵陣地の状態を報告したので同大隊の攻撃は一方的に優勢で、敵は退却に移り、これを追撃して五里謀まで前進した。小野大隊はこの日朝、石頭付近を出発し、右縦隊となって灰埠の南方地を目指して来た。

この爆撃で敵の幹部が多数死傷し、敵兵はわれ先に退散した。間もなく今度は先頭に日の丸を目印しに斉整と行軍して近づいて来る友軍の頼もしい隊列、森重部隊と支隊司令部であった。池田少将以下、中川参謀ら職員と鈴木中隊、救護班職員の涙の会話。遂に親の胸に抱かれたのである。患者にとっては奇跡でしかなかったのである。

それにしてもこの作戦間、よほどの悪天候でない限り連日、何時も大事な局面で空地連絡、敵状投下、補給投下、爆撃などその協力は実に有効適切であった。頭上に日の丸を見ただけで士気はあがり心強く、飛行機様さまであった。

制空が如何に重要か、有難さが痛感された作戦であった。これに反し昭和十九年からの中国戦線では、空はもっぱら米軍の跳梁するところとなり、行動は暗闇に頼ることが多くなった。

賞詞授与の時、池田少将は、作戦の結末と全般状況が思わしくなかったので、鈴木中隊の行動は残念ながら、本来ならば感状に相当するものであると、親しく述べた。

この作戦間における軍医以下衛生陣の活躍は、灰埠患者救護班の佐藤軍医中尉以下の奮闘は無論のこと、丘村欣也、島田将、菊池正実、井上公明の各隊付軍医は敵弾を冒して負傷者を背に運ぶ姿も見られるなど、何時も敵前数百米の至近における救護であった。

今でも、錦江作戦の昔話が語られるとき、毎度忘られることなく、衛生兵の決死の看護の様子が話題となっている。

なお贛江支隊には旅団から楠瀬浪男軍医中尉が患者収容班長として配属され、上川本軍曹以下八名の班員と共に大活躍した。

三月二五日　第七十五戦隊ハ主ヲ以テ下陂新屋（上高北方地区）付近ニ於テ　第三十四師団ニ追躡スル敵及灰埠付近ニ於テ池田支隊ト対峙中ノ敵ヲ爆撃ス

──錦江作戦のもっとも重要な部分のうち「丁涼・横游胡付近の戦闘」及び「灰埠の守備戦闘」等については「槍部隊史」の劇的な叙述を引用したが、この戦闘状況は、まだしばらく紹介を続け、この作戦がいかに深刻な意味を持っていたかを検討したい。

8

ここで、藤井一等兵の初戦の折の手記を引用しておきたい。独歩一〇五大隊に身をおいた藤井一等兵の手記は「槍部隊史」の記述ほど詳細を尽くしようもないが、初年兵の立場としての感懐は、しっかりと表出されている。

〝この作戦が如何に苦戦であったか、今までの記事で一通り想像がつくと思うが、翌三月二十四日森重大隊長は馬上で指揮中胸部に敵弾を受け戦死された。この錦江作戦を中国軍は抗日八年間における大勝利の戦闘の一つとして、内外に誇示したと伝えられている。私達が部隊長の戦死を知った頃には、反転作戦に移っていたものと思われる。行軍中、友軍の飛行機が数機はるか向こうの稜線に猛爆をはじめた。我々初年兵には戦況はまったくわからなかった。友軍にもかなりの犠牲者が出ているが、はじめてのことではあり、戦争とはこんなものだと思っていた。が、あとで聞くと中国軍は我々の反転作戦の退路遮断にかかっていたようである。それを察知した我が部隊が飛行基地に依頼し援護爆撃をしてもらったとのことであった。既に弾薬もかなり使い果たしておったし、我々が生きて復員できたのも、この爆撃のおかげかもしれない。この作戦の中心師団である三十四師団も苦戦を強いられ、上高攻略を中断し二十四日反転に移行している。一〇五大隊も前記のように、森重大隊長の戦死をはじめ、第一中隊の苦戦等で、部隊本部には第一中隊全滅の噂さえ流れた由である。また二十五日には錦江下航中の、戦傷者後送船が敵の襲撃を受け多くの犠牲者を出した。このような戦況で二十六日には一〇四大隊が大阪三十四師団の救援のため、錦江北岸を西進し、その収容に成功し、逐次撤退し三十一日原駐地に帰還した。この時の思い出に、我が一〇五大隊に三十四師団救援の噂が流れたことがある。その時皆疲れきっているのに、また救援作戦に出ることをだれもが心配したものである。反転して下ってくる大阪の兵隊に、どうだったときいたら「てんであきまへんわ」という大阪弁が返って来たことを今でも憶えている。私は大阪生活をしていただけになつかしい言葉でもあった。

私達が中支に渡ってはじめての戦闘がこの錦江作戦であった。昭和十六年三月十二日より三月三十一日までの戦闘経験ではあったが、今では思い出深い体験であり、私の後半世の生活にある意味で、たいへん貴重なものを感じ取ることが出来た〃

［池田支隊の反転］

三月二十二日以来、猛威を振った迫撃砲陣地を夜襲により奪取するため、松本中隊は闇の中を手探りで、敵陣地まで約五〇〇米を前進した。

隠密な行動であり、しかも付近の地形は錯雑していたので前進は捗《はかど》らず時間を要して、クリークに行きあたった。すでに相当に歩いており、敵陣地の間近くを感じさせた。

しかし敵状はまったく不明であり、松本中尉は赤筒を使用しクリークを渡ることにした。

赤筒は滅多に使用しなかったため、取り扱いの不馴れと、急に風向きが変わってそのガスは我が方に漂い、咳《せ》き込む者が多く前進どころではなく、立ち往生する状態となった。

松本中尉は暫く考え込んでいたが「よし、帰る」と、その一言には逡巡を振り切るような語気を身近くいる者に感じさせた。

すでに二十三日も深夜で、朝に近い時であったと思われる。定岡中隊では、生き残った者により、死体の収容と重傷者の介護後送が夜を徹して行なわれていた。

これより先、二十三日午後遅く丁涼で激戦中の新名少尉は大隊長から呼び出された。同少尉はこれは出撃の命令に違いない、それは右方向の定岡隊を側面より援護のため丁涼から攻撃前進となるであろう、そうなると敵の大軍の中を白壁の家を奪取に向かうだけでも多くの損害が出るであろう、これでいよいよ自分も最期が来たか、などと考えながら本部へ急いだ。

大隊長は地図を見ながら沈痛な様子であり、命令は意外にも「第一中隊が相当やられたらしい、状況が不明で困っている。第一中隊を収容するため、第四中隊から君の小隊を出すから準備せよ」とのことで「位置はこの辺らしい」と、地図で示された。

早速、計画をたて準備し待機したが、夕刻となり夜に至っても出発命令は来ない。暗くなってはもっぱら戦死者の収容が任務になる。未知の夜暗で果たして任務が果たせるかなどと心配して時間が経ったが、夜が更けるにつれて定岡隊の戦死体が続々と運び込まれて来た。

一の体、二の体と数が増え、田中乙治小隊長の遺体もあって、これは大変な状況であったと驚いた。

定岡隊の兵隊は、「まだなんぼやられておるかわからん、全滅に近い」といっている。「松本隊はどうした」と聞くと、「知らないが、夜になって出て行き、遠くにおるらしいです」と答える。大隊命令は下達されずに準備姿勢のまま朝を迎えた。

昼間は雨注する敵弾を冒して、任務を遂行した定岡中隊の命令受領者原田辰夫軍曹、同助手橋本栄一等兵（後曹長）も、夜は曇り空の暗黒、未知の地形、しかも彼我混交する戦場では、大隊と中隊の状況を確実に摑めなかった。

下達されなかった理由は、支隊より大隊への撤退命令が届いたことに因る。それは二十三日一六・〇〇頃と思われ、坂本支隊の公文書に「池田支隊ハ二三日界埠東方五キロノ地点ヲ出発シ……転進中……」と明記あるのを何よりもの証拠とする。

撤退命令を受けたものの、この時、第一線中隊は激戦の最中で、大隊本部も状況が摑めず、命令を徹底させるには時間を要した。このため死傷続出の状況が続いた。

遺体の収容作業は、完全に夜が明けると、一段と激しくなった敵の射撃により妨害された。収容できずに残された遺体から戦友の兵器、装具を取りあげる敵兵の姿が見える。すでに大隊本部は反転のため動き出し始めている。これが最後の戦死者への助けだとばかりに、敵兵を目がけて射撃する照準は涙で定まらず、その銃声は戦友へ最後の別れを告げるせめてもの弔砲と聞こえたであろうか。

定岡中隊はこの数時間後には敵の追撃に中隊長をも失い、石頭で人員点呼の列に並んだ者は、大塩勇曹長以下三七名を数えるのみ。戦死四〇名余、中隊長、小隊長の全員を失い、連絡係下士官ほか下士官の姿は無く、負傷者三〇数名。

怨みは深し錦江河畔、これを丁涼、横游胡付近の戦闘と称し今に語り継がれている。

松本中尉は憔悴《しょうすい》した身体を大隊長の前に進め、前日来の戦闘経過を報告した。大隊長は中尉に対し軍人として信義に悖《もと》る行動であったと、左の中隊と協同しなかったことを叱責した。前衛尖兵中隊長を命じられた同中尉は心神耗弱《こうじゃく》し、その足は蹌踉《そうろう》として揺れ兵に支えられようやく歩行したが、その胸中には多くの部下をいつくしんできた思いがあり、これを唯一の自分の慰めともし、辛うじて気力を支えていた。

前日攻撃に際し部下の歴戦の古参某軍曹から耳うちされた状況説明「すでに撤退命令が出ている、この攻撃は支隊主力を反転援護するための一時的攻撃であるので、みすみす多くの犠牲を払ってまで独行するのは如何か、命令どおりに昼間直ちに突撃を繰り返すか、それとも命令違反を覚悟の上で、部下の犠牲者をなるべく少なくできる夜間を待って前進するか」

松本中尉の戦闘指揮に大きい影響を与えたこの一言は、長らく両者の胸に秘められ、今でもこの裏話を知る人は少ない。

この後、同中尉は浙贛作戦で重傷、後送され、長い病院生活の後、歩四十二補充隊（西部四部隊）の第八中隊長になっていた。十八年八月、戦地より内地へ帰還した（召集解除）南寧補充は、除隊になるまでの少しの期間を補充隊で過ごした。この時、もとの中隊長に再会した。

松本中尉は、満期の喜び、戦地の思い出を語る旧部下の一人ひとりの顔を見て、あの錦江の黄色い畠の中で、自分がいとおしみ愛惜した生命であると、万感胸は溢れて感涙した。

松本中尉は第六師団熊本歩十三の小隊長として武漢作戦など歴戦者。定岡大尉は関東軍の出身、部下の意見具申に対しても、「典範令に示すとおり」で取りつく島もなく、親しまれることはなかった。作戦間の行軍においても「そこの兵、銃口内へ、肘を脇へつけ」横游胡での指揮、号令までも演習の型どおりであった。前者は敵状判断の上に味方の情況までも考えて行動し、後者は命令を忠実に承行した。これがそのままその部下には生死の明暗を分けた。どちらに属したか、兵隊にはどうしようもなく、運命としかいいようがない。

かくて池田支隊は総退却となる。この退却援護は小野大隊（一〇三大隊）であった。南側より強圧をかける敵に対し反撃し、その間に支隊司令部、野村（一〇四）、森重両大隊が後退した。森重大隊の松本中隊の後衛尖兵であった川之上小隊の戦闘は駈け足の連続であった。小隊を二分して三〇〇米ごとに交互に片方を援護しつつ、擲弾筒弾で敵がひるむ一刻を計って躍進をつぎつぎにつづけた。敵の将校がマントを飜して手をあげながら指揮する姿は、如何にも日本軍をなめているように見え腹立たしく、狙撃したが身動きもしないようで、勇敢な態度であった。

敵は追尾して来て石頭に近い地点において、馬上で最前線で指揮していた森重中佐の前方、一〇〇米に膚接して来た敵の一群が伏せた。岡村副官が危ないと叫んだ一瞬、敵の一弾は大隊長の心臓を貫通し壮烈な最期を遂げた。

　擲弾は容赦なく身辺をかすめるので全員が伏せるか、凹地に遮蔽していた時、大隊長の戦死を知った定岡大尉は、馬に乗り大声一番、「大隊の指揮は定岡大尉がとる」と全大隊に大声で下知した（望城崗で大尉に進級していた）。大きい姿勢に対して、たちまち一斉射撃、その敵弾は大尉の大腿部に命中した。四月上旬、南昌病院においてガス壊疽《えそ》が下腹部に及んで戦傷死してしまった。

　陸軍には日露戦争以来、部下の三分の二を失った指揮官は生きてはおれぬという伝統がある、との話を南方孤島においてその立場にありながら、生還した聯隊長から自虐めいた口吻で聞いたことがあるが、定岡中隊長も死場所を選んでいたものと思われる。

　川之上小隊が、約一〇粁《キロ》余を敵を振り払いながら、漸くの思いで石頭付近台地に達した時、小野大隊長の姿が見えた。「おい小隊長、もう大丈夫だ」の一言に川之上少尉以下その場にへたり込んだ。

　かくて池田支隊は、二十四日昼間に全力が石頭付近に集結した。敵は半円型に包囲の陣を張っており、当夜は各大隊とも間近に敵と対峙のまま、厳重な夜間警戒に入った。その中心は石頭の部落であり、支隊司令部が位置した。

　司令部に森重中佐戦死の報告が届いたのは夜中であった。その報告を聞く池田少将の落胆ぶりはひどく、沈痛な表情であった。伝令当番の池田清水兵長に水を命じ、汲んでこられたクリークの水で顔を洗い、沈思黙想する端座の姿勢が夜明けまで続いた。

錦江作戦㈤

9

三方を敵に包囲された状況で、大隊長につづいて次の指揮者を失った大隊は、序列に従い第四中隊長古田大尉が指揮を執らねばならない。事態の激変に本部将校はあわてた。本部より第四中隊に報告に走る者も弾雨の中、果たして連絡が果たせるものやら、あれこれ本部は混乱状態となっていた。

本部付下士官（書記）の柴崎俊一曹長（作戦）、佐川倉信軍曹（庶務）、浦山正義軍曹（人事）は何れも歩四十二聯隊大隊本部時代の経験多く、今回も冷静に対処していたが、わけても柴崎曹長は、大隊長の死体の収容、各隊への連絡など本部をとりしきり、テキパキと処理する様子は将校を凌ぐものがあった。

同曹長は、この時の活躍のほか、作戦出発前における装備に関しての貴重な意見具申、ならびに作戦間終始にわたる功績につき旅団長の賞詞を受けた。

賞詞は内地への郵送が届かず途中で紛失していて、部隊史に掲記できない。本人は歩四十二時代の金鵄を大切に保存しているので、残念とは思うが賞詞の一枚ぐらい、と屈託ない。

戦傷患者の後送に関しては、二十一日午前中まで頃の者は灰埠に護送された。その後の石頭付近以降二日間に生じた患者は、石頭西方約三粁《キロ》の胡家に集中収容されていたものと思われ、終始歩兵一個中隊程度が護衛についていた。

横游胡付近の多数の重傷者も胡家まで担送され、すでに収容されていた石頭付近の患者と合わせて、二十五日〇八・〇〇舟に移し灰埠まで下航した。この間の護衛は小林中隊であり、樋之本小隊は錦江北岸に渡り両岸より並進して万全を期した。

果たして途中北岸において敵は攻撃してきた。重傷の身をしかも素手では絶望であり、もし敵に蹂躙されそうになった際には、戦わぬまでも敵の脚を捉え抱き合わせで錦江に飛び込むことを考える者、また自決を覚悟する者、それぞれが自分の体力に応じて最期の覚悟をきめていた。

敵弾は舟に集中し、患者には数弾を浴びる者もあり、舟の工兵が戦死するなど一時は最悪に陥る心配があったが、樋之本小隊の戦死傷を生じる奮戦で撃退した。患者一名が一六・〇〇頃灰埠到着、患者を陸揚げし収容所に移し終えたのは夜であった。患者一名が戦死した。

誰よりも勇敢に行動した結果、負傷の身となった。これら勇士の後送は些《いささ》かも危険があってはならない。しかし実情は、常に身に危険を感じていた。日本陸軍の弱点とされた後方の軽視、第一線に偏重した後方兵力の不足であった。

岩永部隊の苦難の患者護送に比べて、池田支隊は舟運であったので、護衛兵力は少なくて済み、介護の利便、患者の居住性、輸送速力など条件が良く、今日でいえば急患を背負って訪院するのと、救急車に迎えられるほどの差があった。

これは作戦開始に先だち旅団副官岡山中佐が研究し、自身の武漢作戦の際の貴重な経験を生かして、錦江を主兵站線をしたことによるものである。

〃怨《うら》み〃の錦江であった半面、患者輸送では〃恵み〃の流れであった。

〈灰埠より高安に向かう反転〉

石頭から灰埠までの退却は、灰埠で鈴木中隊が大軍を引き付けて牽制し、池田支隊の側方に回らせなかったので何事もなく、普通の行軍気分で済んだ。

池田支隊は二十六日正午頃、小野大隊を前衛として灰埠を出発し、予定渡河地点の洞田湖西地区へ向かった。先ず南北に連なる老坑嶺の山麓に向かい進路を東に求めて前進。前衛は長沙舗西北方において戦闘となった。

敵は一応の抵抗は示したが、間もなく山地方面へ逃げ込んだ。北東方へ向かう進撃を中止して高安方面へ反転し、同地南方高地付近の部落で宿営。部落名は不明であるが三塘江（または三塘崗）。

二十七日、朝より行動開始、昨日の敵を求めて山地方面へ前進し、前衛大隊は単家墟を通過し魏村に進出、山地に入り右に老坑嶺を見て馬鞍嶺の峠を越える時、前進を中止し反転するよう急電を受けた。道を引き返して金家塘に宿営した。

この日、軍は大賀、桜井兵団の撤退掩護のため、池田支隊主力の北岸への転用を考えた。しかし南岸地区から全兵力を引き揚げるには、敵状を暫く監察し警戒する必要があるので、取りあえず一個大隊を抽出し転進させることにした。

これにより選ばれた野村大隊は、この日高安に前進し北岸に渡った。当面していた中国軍五一師、二六師、一〇五師も順次に北岸方面へ転進したらしく、南岸の敵は警戒部隊程度と分かったので、支隊主力も三十日に高安で北へ渡った。

以上が池田支隊の灰埠―高安の概要経過であるが、従軍日誌と回想を少し記しておく。

先ず鷹取小隊の藤井英夫一等兵の日誌を中心にして野村大隊。

二十五日、灰埠に到着、空爆の痕ひどく大きい部落街も廃墟と化している。部隊は街を通り過ぎてキリスト教会に宿営する。竹ゴザの寝床ではあるが暖かく感じる。

二十六日、好天気、敵は宿舎に対し機関銃で射撃をしたので、わが山砲は応戦し砲爆音がすさまじい。敵軍が接近し炊爨《すいさん》も困難。支隊の患者二〇〇名近くを民船二〇隻に移し乗船、下航するにつれて、弾音遠ざかり、戦場を離れつつあるのを実感し、患者一同、一層の安心を得た。高安まで約二四粁を無事航行し二四・〇〇着岸、患者は船上で夜を明かした。高安も戦火により廃墟に近い。この日も小林中隊は両岸より護衛した。

部隊は一二・〇〇灰埠出発、途中で予定進路が変更されたのか小休止の後、一五・〇〇前進開始。行くほどに山腹に多数の堅固なトーチカが点在し、交通壕も縦横に満遍なく工事されているのを見て驚き、敵の戦意が如何に強いものであるかを、改めて思い知った。

二〇・〇〇頃、三塘崗（または三塘江）で宿営。

二十七日、春の空も変わり易い、昨日の陽光は軍帽の庇にまぶしく軍衣に汗した。しかし本日は、晴天にしては膚寒くあったが、歩くほどに快適、敵状も無く歩度は伸びて行軍日和。高安県城に到着。錦江の南北両岸に分かれている街を結ぶ橋は、敵により破壊されたので、わが工兵の架橋があった。部隊は渡河し、二二・〇〇高安近郊の無名部落に宿営。この小部隊が劉村であったのか不詳である。

〈小野大隊長日記〉

二十九日雨、前日同様、金家塘にあって動かず、敵状偵察、警戒しつつ終日を経過し第三夜を泊した。

三十日晴、依然、金家塘にあり。正午過ぎ灰埠方向に前進すべき命令に接したが、後中止となり南昌に帰還の命令を受けたので、高安に至り渡河した。大賀兵団と行進交叉し混雑した。以上。

司令部は二十九日正午、高安南城門に到着。森重大隊は三十日正午過ぎ同地着。大隊長の遺骨を捧持したのは佐川倉信軍曹であった。同日夕刻、司令部に続いて小野、森重大隊は北高安へ渡った。

話を灰埠出発の時に戻す。第一中隊（定岡隊）を指揮した機関銃小隊長末田少尉以下四〇名足らずの中隊は、撤退命令が届かぬまま灰埠の高地に残された。

敵弾が近くなり諸所に敵が出て来て、孤立しているような感じになってきた。不審に思った同少尉は二名を灰埠の部落に出したところ、部落には人影がなかった。二名は折返し報告せずに大隊を追った。命令を勘違いして、本部と連絡しなければと思い込んでいたのであった。

一方、岡村副官は高地に中隊を残したことに気づいたので、単騎で引き返す途中、二名と出会った。これで大事に至らずに済んだ。重要な任務に行かせるにも、この中隊には下士官がいなくなっていたので一等兵を使うしかなかった。

高安まで八十三里と聞いた兵隊はアゴを出して歩いた。途中で小憩し、出発のため二列横隊に並んだ部下を見渡した末田少尉は、拳銃を手にして、「歩けん者は、これをやるから捕虜になりそうになったら自決せよ、その者は前へ」といった。名乗り出る兵はひとりもおる筈がない。

弱音をいっていた兵隊も、マメで痛む脚をひきずりながら、元気になった様子で歩き始めた。目標は黒煙の上がる部落、これをつぎつぎに追って行き、部隊に追及できた。

なお三十日に支隊主力が北高安に渡った時、森重大隊の松本中隊は南高安に残り、翌三十一日早朝、錦江南地区の最後の兵力として北高安へ渡った。これで南地区には、日本軍は存在せず、仮橋は〇八・三〇工兵隊により爆破された。

10

〈野村大隊の大賀兵団救援〉

石頭、灰埠付近まで執拗にまとわり着いてきた五一師と二六師は、急いで錦江を渡り、二十四日から二十六日にかけて主戦場方面へ、進出または前進しつつあった。

二十七日、高安の南方の部落で、池田少将は野村中佐に対して、左記の要旨命令をした。

一、大賀兵団ハ目下反転中ナルモ　各部隊ハ分離シテ連絡トレズ　司令部ハ工兵隊ト共ニ行動シアル模様ナルモ　ソノ位置不明ナリ

二、貴官ハ部下主力（第二中隊欠）ヲモッテ直ニ西進シ　大賀兵団ヲ救援シ　コレガ反転ヲ掩護スベシ

旅団長の周辺の中川参謀長以下の幕僚は、気の毒そうな顔をして大隊長を見つめていた。命令を受けた中佐の顔貌に安心したのか、一同は「ご苦労です」と犒《ねぎら》い、「成功を祈ります」と、激励した。

「直ちに」との命令ではあったが、高安北二・五粁の劉村に宿営した。

野作命　於劉村

一、敵ハ錦江ヲ渡河　〇〇隊先遣隊（患者輸送部隊）ノ側面ニ迫リツツアルモノノ如シニ
　野村部隊ハ高安西方十三粁龍団櫨付近ニ陣地ヲ占領　大賀部隊先遣隊ヲ収容セントス

　次は命令の地点も無いが龍団墟と推定する。

一、約二ケ大隊ノ敵ハ龍団墟西南方高地一帯ノ陣地占領中ナリ
二、野村部隊ハ此ノ敵ヲ砲撃　大賀部隊先遣隊ヲ収容セントス　重点ハ右　進出点ハ六百地
三、尖兵中隊木村隊左第一線　田ノ上隊右第一線　龍団墟西南方高地ノ敵ヲ攻撃スベシ
四、鷹取隊ハ木村隊ノ中間地区ニ　三谷隊ハ両中隊ノ中間地区ニ陣地ヲ占領　主トシテ木村田ノ上隊ノ戦闘ニ協同スベシ
五、三号無線ハ池田部隊本部及大賀部隊本部トノ無線連絡ニ任ズベシ
六、衛生隊及担架隊ハ第一線負傷者ノ収容ニ任ズベシ

　高安から龍団墟までの行程は約二〇粁であろう。木村中隊の安田小隊が尖兵となり、途中より一五粁を強行軍で急進して、一二・〇〇龍団墟に到着し、前記命令どおりに展開した。

　木村中隊は左に安田小隊、右に三浦小隊を配置して高地に陣地占領。直ちに三方から猛射を受けた。田ノ上中隊は木村中隊の右に連なった。雨風は寒く震えながら高地の壕の中で夜を徹した。

二十九日、西方で銃声が盛んに聞こえる中を大賀師団の主計将校二名が現われて連絡に成功し、間もなく担架隊と独歩患者を擁した部隊が近づいて来た。丸腰の姿で杖にすがる兵、互いに肩を組み助け合いながら歩行は遅々としていた。歩兵銃を荒縄で縛り、束にまとめ背と両側に載せた馬のたてがみは泥にまみれている。無惨な雨中の退却行を見た。

歩兵団司令部と患者隊、師団司令部が同じ径路かまたは二群となり別路であったのか、到着の順序、時刻など細部を知る記録、回想は少なく、関係者の記憶は何れも印象的な局面に限られている。

師団司令部を護衛してきた工兵隊は、追尾した敵が陣営立て直しのため集結しつつあった西方約一粁の高地に対し、一撃を加えなければ腹の虫が収まらぬといい、田ノ上中隊長に対し、「われわれが突撃するから援護を頼む」と申し出た。同中尉は、「あの山は歩兵でもむづかしい、気持はわかるが、ここは歩兵に委せて早く退ってくれ」と慰留する一幕もあった。将兵は泥にまみれて顔は生色なく、三々五々にトボトボと歩く状態が、七、八粁も続いた。眺望すれば長蛇のようで、その動きは気息奄奄であった。

患者護衛隊が着いた。岩永少将は台湾時代の、長野大佐は第八国境守備隊（ハイラル）時代の野村中佐の旧知の上官であった。三名こもごも互いの苦闘を語り、両者は同中佐に対し謝意を表した。

木村中隊の正面に患者隊、田ノ上中隊には師団司令部が付いてわが陣地に入った。敵兵は追随して来て、陣地を攻防する激戦となった。木村中隊には五〇米《メートル》まで近接したので、着剣して白兵戦を準備する状況であった。陣地前一〇〇米までは射たず、これを超えた距離で、一斉射撃を加えるが、敵兵は怯《ひる》まず突進して来て、実に勇敢であった。

中村独立山砲が雰分画の砲撃で敵の集団に対し榴散弾の雨を降らせたので、敵の攻撃は頓挫した。

田ノ上中隊の正面では、手榴弾戦となり白兵格闘の直前となった。敵は手榴弾を投げギリギリと近づく、敵の投擲は実に有効で付近に炸裂し、わが兵は浮き足立ってきた。中隊長、小隊長、分隊長は今の瞬間が勝敗の岐《わか》れ時と「下がるな、押せ押せ」と叱咤が飛ぶ。各兵はこの声で押し返すという戦闘が繰り返されて数時間も続いた。敵は執拗で傘をさして指揮した姿の敵将校もあった。雨の降り続いた日中の戦闘も夜になって静かになった。

三十日朝、夜明けに丘の陣地を撤退する命令が出た。しかし兵隊は壕の中からは急には立てなかった。雨水が溜まり水びたしとなって、夜どおし寝もやらず疲れた身体は、足腰が冷えきって萎《な》えて感覚を失い立てないのである。辛うじて膝を使い四つん這いで機関銃を引きずって高地を降りる者、ごろごろと寝転んで麓を目指す者、脚は用をなさなかった。

やっとの思いで部落に着いたが、早くも気付いた敵は高地頂に姿を現わし、ラッパを吹いて気勢をあげ、一気に部落に突入するかに見えた。機関銃は家屋の壁を破り猛射を浴びせ、双方対峙する攻防が昼が過ぎても続いた。

午後に至り大賀兵団の諸所に散在した群の収容がまとまったのか、一五・〇〇部落より撤退する命令があって田ノ上中隊は、大賀兵団を援護して高安へ向かい出発した。ところが、正面の敵を射撃することに夢中になっていた機関銃は、命令に気付かずとり残された。小銃隊の者は付近に姿がない。あわてた機関銃は、猛烈な射撃を浴びせ終わると、馬に銃を載せるや否や、一目散に走り出た。敵の狙撃により麦と菜の花がなぎ倒される。

〈中野一等兵が尻に弾を受け倒れた。分隊長代理の小川上等兵、市藤、飯塚一等兵が助けて四名がもつれるように走っていると、飯塚一等兵が倒れた。飯塚の頭部から夥《おびただ》しい血が流れ顔面が血で染まったのをみた市藤は、何を勘違いしたのか「飯塚、見届けたぞ」とわめくようにいい放つと、飯塚を残して走り出した。駄目だと思ったらしい。

後で飯塚の姿を認めた市藤は、「あっ、お前生きとったのか」と目を白黒した。飯塚は、「生きとった、お前の『見届けたぞ』は上出来じゃが、その割には俺を置いて逃げるとは薄情な奴じゃ」と、「いやすまなんだ、こらえてくれ」で笑い飛ばした。戦友は信頼で結ばれているので、あと腐れというものはない。出血はひどかったが擦過傷なので、よろめきながらも市藤のあとを追ったのであった〉

道は泥濘と化し人馬とも歩行困難、敵は先回りして待ち伏せていて、弾丸は横から前後から集中される。敵兵は四、五〇米で追ってくる。眼前三〇米の敵の姿に泥田に伏せるなどして、遮二無二逃げるしかなかった。

彼我の激しい銃声に狂奔した砲馬が敵方へ駈け走るのを留められず、狙撃したが命中せず敵手に渡った。砲を失った鷹取小隊長は生きておれないと覚悟した。梅友、三福、錦花など負傷馬多数、一六頭が戦死。溝口巌軍曹以下死傷者が続出する状況が続いた。

大隊砲の高田久遠伍長は弾着を観測のため身体を起こした瞬間、敵弾が炸裂し腹と腰に弾片がくい込んで重傷。同伍長は担架の上で苦しい息をしながら「陛下に対して申訳ない。隊長殿は大丈夫か、眼鏡、拳銃、秘密書類を取られるな」と繰り返しながら死んだという。実に責任観念の強い男であった。

中村山砲も一〇〇米の至近の敵群の中に榴散弾を浴びせて、敵兵を吹っ飛ばしていた。敵を最後まで防ぎ接近させなかったのは山砲の威力、独立山砲兵の勇敢な戦闘に負うものであったことを特筆しておく。

担架隊も牛歩ではあったが、高安まであと一息と頑張っていた。夜になって諸隊が患者の列に割り込んで来て先を争う。人馬が混雑し、機関銃も追及して来て、機関銃、弾薬箱がゴツゴツと担架にあたって重傷者は悲鳴をあげたり呻く、担ぐ者は馬に押されてよろめく。

担架隊の将校が怒って「お前らは、患者より先に逃げる気か、それでも日本の軍人か」と怒鳴る。機関銃小隊長渡辺少尉は、「何ばいうちょるか、戦争ば負けたくせに」と、やり返す始末。収拾のつかない大混乱が諸所で起きていた。夜の隊列に敵は突っ込んで来なかった。

中国軍は、野村中佐の記憶どおり一〇五師、そして二六師と新編一四師が中国軍の作図に図示されている。

大賀兵団は三十一日、高安県城に到着し危機を脱した。補給を受けて四月一日夜、西山万寿営に達着した。

池田支隊の舟艇患者隊は、二十八日祥符観に到着し、樋ノ本小隊も中隊に合流し、交通路の修復を待って三十日祥符観を出発、患者は自動車輸送となり野戦病院に移譲し、患者護送の大任を果たした。

中隊は約二四粁の観街に宿営し、三十一日一三・〇〇懐しの望城崗に帰還。司令部と小野大隊は三十一日〇八・〇〇高安出発、高郵市を通過し一九・〇〇望城崗に到着。森重大隊も同行したものと思われる。

三十一日、野村大隊長は、その乗馬を射たれて徒歩で野村大隊と行動を共にして来た角参謀と一緒に、大賀師団司令部を訪れ報告した。

大賀中将以下幹部職員は協力を謝した。師団長は「お陰で助かった」と鄭重な礼を述べ「とくに田ノ上中隊の皆にはお世話になった、よろしく伝えてほしい」と伝言を頼んだ。

大隊は四月一日〇七・〇〇高安出発、大賀兵団の各部隊と同行で行軍は競争になった。

この時の様子を浅野大隊の中隊戦記に、「強行軍が始まった。どこの部隊とも分からない兵隊の集団が休憩もろくにとらず、軍公路一杯になって怒濤のように歩いていたことが、記憶に強くある」と、述べられている。池田支隊の行進である。夜に入っても強行軍は続き、二三・〇〇望城崗兵舎に帰営した。

11 錦江作戦㈥

〔贛江支隊の反転〕

〈贛江強行渡河直前に反転命令〉

三月二十一日、蜀家峻に宿営した支隊は翌二十二日、同地を出発し、一三・五〇薛家渡に到着した。

清江付近で渡河する考えは中止したものの、支隊の任務は大賀兵団の贛江渡河を援護することであり、この命令はそのまま生きている。このため何れかの地点で渡河する必要があった。

清江は物資も豊富なので、渡河援護にも物資収集にも一石二鳥の地であったので当初はこれを目指したが、敵情と前進する地形の困難性を合わせ考え断念した。

そこでもとに戻り最初に考えていた樟樹鎮付近よりの渡河案が再浮上した。しかし薛家渡に来て詳細に偵察した結果、やはり先日、姜家渡において判断したとおり、ここもまた渡河には最も不利なことが判明した。

最後に残された案は、梁港街より渡河し樟樹鎮を側背より衝くことであり、このため、一八・〇〇梁港街へ向かい出発した。

途中の道路が狭く降雨で石畳が滑り前進は困難であったが、漸く梁港街に着いたのは二十三日の一四・二〇であった。ここで野村中隊を掌握したが、幸い同中隊は多量の物資を収集していたので、支隊の任務の一部を果たしたことになった。

ここでの渡河が唯一の選択となったので、綿密な計画を練った。対岸は多数の敵が陣地を占めていて、成功のためには多大の犠牲を覚悟せねばならず、支隊長は最悪の場合は全滅を賭して敵前強行渡河を決心した。

将校以下全員決死、悲愴の覚悟で大隊命令がまさに下達されようとした寸前に、旅団よりの急電を受信したのであった。

「贛江支隊ノ前任務ヲ解消ス　贛江支隊ハ洞田湖西地区ニ転進シ同地渡河点ヲ確保スベシ」

この受信の直後に三号無線が故障し、修理不能になった。もし命令受領前の故障であったなら、と慄然とした、と、坂本中佐は回想している。そして、この作戦は錯誤と奇蹟の連続劇であったとも述べている。

〈梁港街を離れるに際し、日本人通訳が物資の山を前にして、このまま残すことを惜しんで、ひと稼ぎの魂胆《こんたん》から舟で南昌へ運びたい、中国人を指揮して航行するので部隊に迷惑はかけない、と言い張った。

藤井少尉は、この個人的行動が戦略物資変じて、単なる略奪行為に転化する反道義、住民の日本軍に対する一層の反感、両岸の敵中を突破する危険性、成功率の低いことなどを懇々と訓して断念させた〉

〈反転開始〉

二十四日、先ず上荘に向かう。担送患者を擁して降雨のため道路は泥濘。夜、上荘着宿営。ここで独工二は先行することになり、この工兵護衛のため野村中隊が小坂工兵聯隊長の指揮下に入って、二十五日〇七・三〇先発した。

支隊主力は〇八・〇〇同地出発、戦傷患者をいたわりながら悪路に悩みつつ前進中、一四・三〇盧村より仙姑嶺、蛭嶆山の麓に達した時、尖兵中隊（第四中隊）は、山頂より激しい射撃を受けた。

第四中隊が潭庄南方高地を占領し、主力はその援護の間に前進しようとしたところ、敵は猛烈に射撃して前進を拒止する一方では、次つぎに山を降りて追撃してきた。聯隊砲の制圧が功を奏し敵は怯《ひる》み、第三中隊が前から引き返して来たので敵は追尾をやめた。

かくて支隊は洞田湖渡河点を確保していたが、三十一日、南昌付近へ帰還の命令を受けた。支隊は直ちに陣地を撤して、既設渡河材料を撤収した後、渡河点守備の大賀部隊の歩兵隊を併せて、二三・三〇夏家万家を出発し、帰還の途についた。

四月二日、午前夏庄―南城関―生米街を経て一五・二〇懐しの東梁山兵舎に帰着し、配属の工兵部隊などは原所属に復帰した。

支隊の反転行も雨中の泥濘の道なき路を多くの担送を擁した苦難の行軍であった。敵の妨害攻撃を排除しながら不眠不休、ときに食を欠き、その心身の疲労は言語に絶する退却行であった。

坂本中佐は、次のように回想を続けている。

「敵中において、雨天滑る石畳道を重傷患者四十七名の担送移動の苦心は、筆舌につくし得ないものがあった。患者も苦しかったであろう。隊長としては一日も早く安全地に送り、充分な治療をと、焦心切なるものがあった。

約一週間の移動において毎日清水で傷口を洗い繃帯を換え、行軍間の休憩は患者に最も適した条件を第一に考えるなど、出来る限りの処置をした。その結果、途中一名の死亡者もなく南昌病院へ送り得た。この間における丘村、楠瀬両軍医の努力、患者輸送の重任を果たした木下中尉および遠路を担送した将兵の甚大な労苦に対し、頭の下がる思いで一杯であった。

〔作戦の概括〕

公刊戦史を中心にして、これに「槍部隊史」のために収集した史料と関係者の回想を加えて、この作戦を纏める。

〈作戦目的〉

敵第七〇軍に対する一撃および敵の第一線付近の偵察であった。

一、公刊戦史は「陣前の敵に対する一撃」と明瞭に記述している。上高付近は敵根拠地であり、ここでは敵主力との決戦、撃滅戦となる。一撃とはいえない。

二、桜井兵団は大賀兵団に対し協同して、その任務を完全に果たした。

即ち第三十三師団の作戦目的は、敵を錦江方面に圧迫することであった。期間も短日であり、直ちに反転することになっていた。これをもって大賀兵団の苦戦の理由とし、また早期反転を策定した軍を責めるのは当たらない。

〈協同作戦〉

陣前の敵とは僅か二個師、これに対して我れは二個師団。従来の経験と常識よりして牛刀の感すらある。故に軍が強力に統制せずに、協同作戦で臨んだことは、ひどく責められる程のことではあるまい。

もし軍が批判されるとすれば、それは事前の意志の不統一および作戦途中における対応が遅きに失した点にある。

一、両兵団の策応如何が成否の鍵であるが、この点に関しての軍司令部の指導、調整の記録がない。また平常態勢の漢口軍司令部から指導が行なわれた。第十一軍戦闘司令所は設定されなかった。

以上は軍の甘い敵情判断と作戦に関するマンネリ的感覚を示すものである。このため作戦に臨む各司令部の意志が不統一のままで開始されたのである。

そこに極めて危険な要素を孕《はら》んでいたといえる。

二、桜井兵団が反転開始した十九日、大賀兵団は反転せずに敵方へ前進開始した局面を軍は見過ごした。

渡河命令を受けた歩兵団長が苦悩したほどの困難な局面を重視せずに、棠浦川《とうほ》を越えて深入りすることを軍は制止しなかった。

軍が大賀師団の二十二日頃の状況を受けて初めて戦況が思わしくないことを知ったということは、マンネリ的感覚でいたと評されても致し方ない。

軍は直ちに桜井兵団に再出動を命令する一方、軍参謀長木下少将は急遽、山口作戦主任参謀と大根田参謀を帯同して南昌に前進したのであった。

この作戦に途中で着任した木下参謀長は、昭和十八年十一月に作戦当時を回顧して述べている。

〈私が漢口に着任した三月十九日頃は作戦を開始したばかりであった。この作戦は、軍としての作戦の計画、指導はともに甚だ拙《まず》いようであった。参謀長が交代したりした関係もあるだろうが、軍の根本計画において、並んでやる師団を軍は直接指導せず、攻撃の目標と作戦期間だけを示して勝手に師団に作戦をやらせる計画であった。これは無茶である。

故に、作戦の途中で第三十三師団と第三十四師団とでチグハグが起こり、後者は予定の目標に出られぬという状況になり、軍としては困ったことになった。第三十三師団は目的を達したというので反転を開始したが、第三十四師団は苦心をしているという状況を現出した。二十五日ごろ、私はこれではいかぬと思い、軍司令官に申し出て山口参謀、大根田参謀を連れて飛行機で南昌へ行き、四、五日居って両兵団を指導して漸く作戦の一応の切りをつけたのであったが、軍の最初の計画に本気でなかった点があったことを遺憾に思う。私が第十一軍に行って早速ブツカッタ例であり、私もこの調子で軍司令部自ら相当ノビている様では大いに気をつけなければならぬと思った次第であった。

師団が帰って来た時、私は大賀中将や桜井中将等にあって厚くその労を犒《ねぎら》った。この作戦は、無論相当の成果を収めはしたが、余り巧みな作戦ではなかった。

桜井大佐が、ちょっと気が変になり、作戦中に腹を切ったエピソードがあった〉

12

チグハグは軍と第三十四師団との間の方がひどかった。このため池田支隊は何れに従うべきか迷って困った。

〈第三十四師団が策定した作戦構想〉

池田支隊から分進した贛江支隊の任務は、軍主力（大賀、池田兵団）の将来の反転経路の要点を確保することであった。このことは大賀兵団は高安付近で錦江を渡河して、南下を続け樟樹鎮付近において贛江を渡河。その後、同江の右岸を北上して南昌へ反転する予定を意味している。

以上を透視して敷衍《ふえん》すると、大賀師団長の真意が見えてくる。

即ち師団長は作戦会議で上高まで行くことを考えていたものの、参謀長の反対意見も気に止めていた。そこで、もし高安付近で、多少とも作戦目的を達成できれば、一応満足して南へ廻って南昌へ帰ることも考えていた。

軍隊の表現でいえば、「上高方面ヘノ前進ハ当時ノ状況ニヨルモノトス」であり、師団長の思いも、その辺りであったと考えられる。

実際の展開は中国軍の逃げ足が早くて、見るべき成果を挙げられなかった。ここで慎重派の参謀長が傷で後退した。後は宿望を果たすべく師団長は突進したということである。これを騎虎の勢いに乗ったとも言える。一将功成らずして、万骨枯るの憾《うら》みなしとしない。

〈補遺〉

岩永歩兵団長は在職間、積極果敢の人として周知されたが、この作戦に限っては弱気であったと伝えられている。敵の抵抗が強くて上高に対しては、砲撃を加えるのみで速やかに撤収する意見であり、そのとおりに終わった。

池田支隊参謀部の大下大尉の回想。

「桜井参謀長の切腹は、作戦方針の根底において師団長と相容れぬものがあったことに因《よ》る。作戦終了後、大賀、池田両将の間に作戦中の種々の不満に因り、双方に含むところが生じて、感情的にスッキリしない状態が続いた。両者のとりなしに師団幕僚は苦労した。岡部少佐は積極的に両将のとりもちに腐心したところ、却《かえ》って誤解を生じ、師団長から大変な叱責を受けて、師団から追放された由である」と語った。

木下氏は、エピソードとして回想談を続けた。

「その後、中国側の新聞は大勝利として宣伝的記事を満載していたが、その中で面白かったのは〝猪突猛進の池田旅団、優柔不断の大賀師団〟の文句であった」と話した。

しかし、この文句はどちらにも当てはまると思う。二十日頃の池田支隊は、事情はともあれ優柔逡巡とみられても致し方ない。大賀兵団の上高へ突進した姿は、それこそ猪武者の猛進と思うが、世上、何かと口うるさく評された大阪地方の将兵ではあったが、上高攻略への闘魂は、最後には城内への砲撃で終わった。そこに至るまでの間、奮戦したことは賞賛されるべきである。中国軍の渦の中に飛び込んで勇敢に戦った当時の大賀兵団将兵に対し敬意を表する次第である。

池田支隊の猪突とは、強いていえば石頭より熊坊付近までの一気前進ぐらい。そして贛江支隊の孤立無援の前進と激戦は、猪突猛進といえなくもない。猪突は、さておくとして、ただでさえ少ない兵力を二手に分けて、土地不案内の、しかも夜に手探りで雨後の水田地帯を進むとは、これこそ盲進というべきであろう。

ついでに軽い話。桜井兵団が北支へ出発の際、その山砲聯隊が南昌に一泊して列車輸送した四月七日頃の寸話。福家山砲聯隊長が大賀兵団に挨拶に行ったところ、戦勝祝賀会をしていた。同聯隊長は帰って来て、この様子を部下中隊長に対して、目を丸くして話していた、という挿話である。

〔この時代の新聞報道〕

漢口に第十一軍司令部詰めともいうべき、各社の戦地報道特派員の記者常駐所があって、この作戦には朝日は桜井兵団、毎日は大賀兵団と池田支隊に従軍した。この振り分けは軍によるものと思われる。

引用記事は、日時と地点は正確のようであるが、戦果は誇大で美辞で飾られている。これに反し日本軍の損害には触れていない。何しろ厳しい軍の管理下の報道であるので止むを得なく、少しばかりの軍に迎合した記事、たとえば、この作戦の「上高を奪取」などの虚報を混ぜる配慮に苦心したのであろうと同情する。

それでもこの頃は、後年敗色濃くなって、大本営発表を鵜呑みにしたまま報道せざるを得なくなった時代に比べると、新聞の自由、そして両社の独自性も保たれ、内容も詳しくあり、太平洋戦争時代とは雲泥の差がある。いまだ皇軍として新聞も健在なり、との感がある。

〈朝日新聞記事〉

皇軍、上高を奪取　敵主力の退路を完封

〔漢口特電二十一日発〕江西戦線に戦果拡大中の我精鋭各部隊は錦江河盆地に敵第九戦区切っての精鋭部隊といはれる第五十八、第五十七の中央直系各師の主力を、上高東方地区において敵第十九集団軍六個師の主力を撃滅粉砕し二十一日早朝上高を奪取、上高および潦水周辺の残敵を急襲して随所に痛快なる空陸呼応の殲滅戦に移ってゐる。すなはち三好、佐藤、間柄、原田、菅井、中井、森重、福家、塩見、河西、渡辺、河村、大西、横田、濱田、桜井、菊池の諸部隊は二十日夕刻までに潦水沿岸の上葛鎮、龍王廟、会埠などを連ねる直径十五キロの河盆地帯（奉新西方約四十キロ）に敗敵第十九、第百七の両師を包囲圧縮して殲滅の猛砲火を浴びせかくて敵第百七師は全滅し、わが各部隊は二十一日早朝来主力を失って北方に潰走する第十九師の敗敵を急襲して潦水北岸地帯に痛快なる殲滅戦を展開しつつある。またわが井上、大塚、渡辺、斎藤、浅野、小林、佐藤、岡部、田中、矢野、中村、大賀、岩永の諸部隊は敵第五十八、第五十七の中央直系各師の主力を上高東側地区において粉砕撃滅し二十一日早朝敵第十九集団軍司令部所在地上高を奪取し、引続いて上高周辺の錦江沿岸地帯において残敵の掃蕩戦を展開している、右地上諸部隊に連日協力中のわが小野、森玉、是松、遠藤、田中の陸鷲部隊は錦江の各橋梁を爆破して敗敵の退路を遮断し、或は後方の敵の各拠点に爆撃を加えては潰走の敵軍に掃射を浴びせるなど二十一日も早朝から圧倒的な戦果を挙げつつある。

作戦参加の兵力を秘すことは、作戦目的と規模を察知されないために重要なことで、部隊名を不用意に公表することは厳しく監視され、師団、聯隊などの固有部隊名の使用、数などは軍事機密とされ、絶対に報道できなかった。固有（正式の）部隊名に代えて出されたのが（支那派遣軍のみ）、部隊長の姓を冠した部隊名の使用である。これにしても長期間に漫然として繰り返し使用すると見破られる。そこで指揮下の小単位の部隊までの多くを、大小軽重にかまわずに混ぜ合わせて羅列し報道するという寸法である。錦江作戦の報道は典型的な例である。

朝日記事の多数の部隊名を、前述の参加部隊の項と照合し、二、三の不明を除き確認されたい。そして並べ順を考察すると、苦心の一定の法則が浮かんでくる。

読者玄人ならずとも、二個のグループ、それは恐らく二個師団であろうことが推理される。そして少しばかり熱心な人、半玄人であれば過去の陸軍人事異動記事により、大賀と桜井姓の中将適齢の軍人の存在を知り師団長として割り出すことができる。とくにこの師団の将兵出身地方の関係であれば容易である。

個別に部隊を検証し、槍部隊史の裏付けのため万全を期してみたい。漢口特電の部隊名一七のうち、森重とあるのは森岡が正しい（山砲兵第三十三聯隊の第二大隊長・森岡逸造少佐と、独歩第一〇五大隊長・森重逸雄中佐の取り違え）。同電の斎藤は電信第十三連隊・斎藤勇大佐に比定できそうである。菊池と井上部隊及び航空の是松、田中部隊は手掛りなし。

その他の多くの部隊名は「参加部隊」で明らかであるが、その部隊の大小軽重度からすれば、師団―聯隊―大隊の順が適当であるのに、逆に列記しているのは小細工のようであるが、案外効果があったかも知れない。

昭和十六年四月二十日発行の「支那事変画報第九四輯」（毎日新聞）には、野村大隊の菜畑の戦闘と灰埠の町を行く同大隊の担架の姿が載っている。また昭和五十四年発行（毎日新聞社）「日本の戦史（写真集）の6」（日中戦争4）には、野村大隊と旅団工兵隊の貴重な場面の影像が掲載されている。後者は図書館で閲覧できると思う。

錦江作戦記事を見た北関東三県、東北地方南部二県、信越、そして阪神地方の読者は、桜井、大賀などの部隊名により、兄が弟が息子が、今戦っていることを確実に知ることができたのである。戦地と内地間の郵便は「中支派遣桜井部隊原田部隊何々隊」として往復していたのであるから。妻は、愛する夫が広い中国の何処かではなく、範囲を狭ばめて僻遠ではあるが、江西省という地を見付け出して、夫の朝夕の生活を偲《しの》んで安心した。部隊名という活字の藁に縋《すが》って、留守家族は無事を祈ることができたのであった。

〔遠藤飛行団の活躍〕

第三飛行団長遠藤三郎少将は、砲兵科出身。陸士、陸大、砲工学校高等科を何れも優等。十年に一度の逸材。飛行団長は昭和十七年四月までで、その終期に南方に転戦し、マレー作戦など各地で大活躍し、太平洋戦争の緒戦の大勝利で殊勲をあげた。この時の軍神、加藤建夫飛行第六十四戦隊長は部下であった。

錦江作戦で随所において協力を受けた地上部隊の将兵は、斉しくその時の感激を語っている。遠藤将軍の卓越した指揮、第四十四偵察機、第七十五軽爆撃機両戦隊ほかの積極果敢な戦闘によるものであった。将軍は軍歴約四十年間に九二冊に及ぶ日記を残していて、毎日新聞に「将軍の遺書」と題されて長期連載された。多くの卓見が書かれていて興味尽きない。

第二章

武漢・信陽・寧波の時代

1

独歩第一〇五大隊の一員として、錦江作戦を終えた藤井初年兵らは、かれらもみな、きびしい戦火の渦に巻き込まれたので、終生忘れがたい死生の間の経験を身に深く刻むこととなった。戦場体験の浅い初年兵にとっては、筆舌に尽くせない、苛酷な体験であったはずである。

同時に、錦江作戦そのものが、陸軍戦史の中で異常な変化に富み、しかも日本陸軍の敗走の記録であるだけに、藤井初年兵らにとっても、一兵の立場としても、限りなく反省を強いられる体験となったといえる。つまり、戦場での初戦で、この上ないきびしい勉強をさせられたということである。

藤井初年兵らの、錦江作戦後の部隊の状況について、簡略に述べておきたい。

池田旅団（独立混成第二十旅団）は大賀中将の指揮下として、南昌望城崗の兵舎で、武昌へ移動するまでの一ヵ月余を生活し、その間に各大隊の慰霊祭、告別式が行なわれ、昭和十六年四月十一日には、隊員だれもの思いをこめて、旅団合同慰霊祭が催されている。

四月二十七日、独歩一〇五大隊長に池上中佐が着任。

独混二十旅団は、長沙作戦計画の中で、軍の予備として武昌に移動することになった。五月八日、移送梯団の先頭の一〇五大隊が、翌九日に、一〇二、一〇三大隊が望城崗、南昌を去った。九江で乗船し揚子江を溯江、十一日に一〇五、一〇三が、十二日に一〇二の各大隊が武昌に到着した。

一〇四は九日出発予定で貨物を南昌に運搬したが、腸チフス患者が出たので延期となり、貨物も望城崗に戻した。病死者もあった後、六月四日南昌発、五日九江着、六日朝同地発、同夕刻漢口着、七日武昌に上陸し同地の八紘寮宿舎に入った。

一〇五の宿舎は武昌中学といった。旅団は南昌出発の五月九日付をもって、第三十四師団長の指揮下を脱して第十一軍の直轄となった。

六月十九日、旅団の全将兵は武昌の郊外に集結し、阿南《あなみ》軍司令官の訓示、閲兵。将校は伺候式。

武昌の猛訓練が始まった。武昌、漢口、漢陽は武漢三鎮と称され、揚子江中流に位置する経済、交通、政治、軍事の中心である。

炎暑の地であり、「電線にとまった雀が焼け落ちる」話は日本内地の人までも広く知っていた。

「時下落雀の候」と暑中見舞の挨拶に書き始められる程に、この盆地の夏の暑気は格別のものである。

熱暑の地面を這いずり回る中隊戦闘教練、夏草が顔を覆う完全軍装の匍匐《ほふく》前進、草いきれは蒸《む》せ返り吸気さえ熱い。せめて休憩の木蔭に微風をと願えども、河面をわたる夕凪すらない。ここ武漢の天地では、創造の神も季節に応じた風の設計を忘れ給うた。重慶、南京とともに中国人は三大天炉の地と呼んだ。

仕上げの検閲は、夜中の一時に出発して四〇粁《キロ》を完全軍装の行軍、昼に一息入れて午後は戦闘教練、この頃になると動けなくなる兵多数、まだまだ続く夜の戦闘教練。暍病《えつびよう》、下痢、マラリア発熱で患者が続出した。兵舎に帰るのは二二・〇〇、丸一日不眠の暑夏の訓練が続いた。夜風のない武昌特有の凪《なぎ》、疲労困憊とはこのことで、身を寝台にして朝の敷布には、汗が人形模様を画いていた。

辟易《へきえき》した印度の貿易商人が、わが故郷では夜には風があるからと、印度に避暑に帰るという話。近所の他部隊から、演習部隊の名を奉られた。旅団長の第一線に出動する意中がひしひしと感じられた。

この武昌での駐留生活の事情を、藤井一等兵は、日記につぎのように記している。

錦江作戦が終わり、我々の部隊は武昌に集結し、次の作戦準備に入った。武昌の対岸は揚子江をはさんで漢口という大商工業都市がある。漢口の商工業都市に対し武昌の文教都市という感じで、日本でいえば大阪と京都のような関係といえよう。京都に似て学校の多い都市であった。私達の兵舎は、武昌の中学校を接収したもののように思った。我々の兵舎から少し離れたところに武漢大学があり静かなたたずまいで、アカシアの並木道を持つ大学であった。

武昌での思い出は夏が大変暑かったことである。もう一つの思い出は、銃剣術の演習がきつかったことである。ここでの集結訓練は昭和十六年六月七日から八月二十四日まで続けられた。

錦江作戦が終わってやれやれと思っている兵の気持に気合を入れる目的なのか、毎日毎日銃剣術である。我々は山口の屯営に入隊した頃、間稽古《まげいこ》で銃剣術をやった程度で、殆んどの兵隊がすぐ野戦に送られたため、余り誰も体験しておらなかった。

朝起床するとすぐその足で朝食もとらず銃剣術である。その内半数が食事に帰り、残りは彼等が帰って来るまで訓練を続けるのである。

武昌ではこんな言葉も聞かされた。ここでは夏は印度人が本国へ避暑に帰る。また猛暑で雀が落ちる。こんな冗談も出るくらい暑いところであった。ここでは生水は絶対駄目だった。演習などで汗をかいて、水道の水でも飲むと必ず下痢である。

話をもとに戻して、銃剣術をなぜこれ程やるのかと思ったら、旅団の試合があるためであった。

各中隊とも先ず大隊の試合に勝つための稽古である。ここも屯営の時の延長のようなもので、私がここでも中隊では強い方であった。もう一人私と同じ程度出来る兵隊に、吉村という初年兵がいた。自然この二人は中隊の選手要員と初め頃は見られていた。こうして毎日訓練を受けていた。

試合で、木銃が下突といって防具の下から「あばら」に入って来ることがある。これを受けると息のできないくらい痛いものである。私はこれを一本喰らって二、三日休んだから多少よくなったので、また練習をはじめたところ、またやられた。今度は熱が出だしたので、早速練兵休をもらって大事を取ったが、なかなか熱が下がらない。練兵休も二週間以上になると軍医は、貴様気合をテブって（なくしているの意）いるのだろうといって叱られるが、ここが大切な時とあくまで痛いといって頑張った。

この間部隊の兵器係の使役に出ることになった。毎日兵器部に出向いたが、仕事は大変楽で兵器を図解した図面へ着色する仕事であった。

兵器係の班長も、大変よい人で今無理すると肋膜になる、徹底的に体をなおすことだといって、随分気をつかっていただいた。

一ヵ月近くも練兵休をとって漸く熱も出なくなったので、久し振りに演習に出て見たが一ヵ月も練習を休んでいたので一〇人試合をすれば、七人は負けるようになっていた。最初の頃は一〇人すれば八人は勝っていたので、教官からお前しら、（気合をテブっているという意味）だろうといって叱られるが、しらではなくほんとにそれ程手が落ちていた。このような猛訓練の末、七月二十三日旅団の随時検閲があり、八月九日には旅団の銃剣術大会が実施され一〇五大隊第四中隊が優勝した。

最初の頃、私と同じ程度の技量を持っていた吉村君は、私が練兵休を取っている間に肋膜炎を併発して入院したようである。私も無理して続けていたら、吉村君と同じ運命を辿っていたかも知れない。

さて錦江作戦で一〇五大隊にも森重大隊長をはじめ多くの戦死者が出たので、我が大隊の幹部にも異動があった。昭和十六年四月二十七日、一〇五大隊長に池上中佐が着任された。当時の池上大隊の編成は次の通りである。

大隊長　池上中佐
第一中隊長　村田中尉
第二中隊長　松本中尉
第三中隊長　吉川中尉
第四中隊長　古田中尉

〈なお、錦江作戦による欠員補充のため、七月七日、隣接して警備していた第四十師団（鯨）より、昭和十三年現役兵が歩兵部隊に総員一六〇名、内地の五十五師団（四国）より、補充兵約四〇〇名が七月十三日に到着し、転属して来た〉

2

〔信陽地区警備〕

一〇五大隊は昭和十六年八月に入り、信陽地区の警備につくことになった。

昭和十六年八月二十一日、武昌を出発揚子江を渡り、漢口から汽車で信陽に向かい、静岡の歩兵第三十四聯隊と警備交代をした。一部の中隊は信陽の前線遊河に進出した。この地は銃剣術の訓練もなく、平凡な警備のようであった。私達があとでお世話になった門屋中尉、山崎中尉がこの信陽警備中に、見習士官で着任されたように思う。信陽地区の警備は、昭和十六年八月二十六日より九月十五日まで続いた。

この警備を終わり、我々は再び武昌に帰り、武昌中学の兵舎に入り、昭和十六年九月十五日より九月二十日までここに駐留、次の警備地への移動準備に入った。

〔寧波地区警備〕

昭和十六年十月早々、浙東地区警備の為《ため》揚子江を汽船で下り、鎮海沖に投錨、これから小艇で寧波に上陸した。この小艇での思い出に、小さな船なので船首から船尾までギッシリつめて乗船しているので、座ったまま身動きもできない有様であった。出発すると小船のこと故少々ゆれる。兵隊の中には船酔いをする者が出て嘔吐を催すが、身動きが出来ないので前の人に吐物をかける者もおり大変だった。

我々の寧波地区への移動はシンガポール攻略に向かう我が郷土部隊五師団が機械化部隊となり、この地の警備を離れるため、我々の旅団がこの地区の警備につくことになった。このあと浙贛作戦という大作戦に参加するまで約七ヵ月の間、この浙東地区で過ごすことになる。

寧波は、上海開港以前の貿易港として栄えたところである。いわゆる浙江財閥の生まれた古い都市であった。今でこそ商工業の中心が上海に移っているが、寧波の町のたたずまいには、昔の繁栄を思わせる面影が多く残っている。民家など実に立派な家が多くみられ、我々が中隊本部にしていた家も立派な民家であった。

周囲は高い塀をめぐらし門が三つあり、これを通らねば母屋の玄関に行けないように出来ていた。最初の門を開くとかなり広い庭があり（日本のように木は植えてない）、第二門に至る。同じようにして第三門を開くと玄関に到着する。部屋数は七〇程度あったように思う。各部屋には立派な調度品が備えてあり、タンス類は紫檀、黒檀の品が使われており、ベッドなどスプリングつきの素晴らしいものが使用されていた。昔の中国で見られる大家族主義時代の生活の名残りを知ることが出来た。この付近にはこのような多くの部屋数を持っている家が多く見受けられた。

私達の中隊の使用していた家の奥まった一室は部屋が総鏡で出来ていて、ベッドも金をちりばめたスプリングつきの素晴らしいものであった。その鏡の内の一ヵ所に手をふれると鏡が開いて、通路に通ずるようになっていた。話によると夫婦の寝室とか、おめかけさんの部屋だとかいうことであった。

私達の中隊本部の一部に、敵に通じていると思われる容疑者を収容する留置場があった。この部屋は壁をへだてて裏の中国人の立派な邸宅に続いていた。

ある日この家の主人が留置場の壁が余り頑丈でないように思われ、これがこわされると自分の家に通ずるので危険で仕方がない。何とかしてくれとの申し入れがあった。彼の家に行って調査をしてみると、成程不測の事態が起こりかねない状況だったので、材料を持ってゆき、補強したことを覚えている。

この家の主人は英国留学をしていたとかで、ハンサムな紳士であった。よく夫婦で散歩する姿を見受けた。何時も素晴らしい中国服を着ており、奥さんがまた大変きれいで上品な人であった。冬など、キツネの毛皮を裏地に配した中国服を着用していた。あの戦争の最中、隣りは日本軍に接収されているのに、平然と暮らしているのを見て、中国民衆の偉大さのようなものをその時感じた。

武昌地区より寧波地区へ移動して、先ず驚いたのは言葉が充分通じないことであった。武昌地区では「とまれ」とか「ゆっくり」という意味に漫々的《マンマンデ》という言葉を使用していた。歩哨や検問で漫々的を使っても全く通じない。ポカンとしている。この地区では「メメチョウ」というようである。また「はやく」「急ぐ」という意味に武昌地区では快々的《クワイクワイデ》を使用していたが、この地区では「オソオソ」というようである。

私がこのことを知ったのは、ここに移動してから三日目のことであった。私が歩哨に立っている前を中国の女学生が毎日学校へ行くため通っていた。この生徒達は英国系の女子ミッションスクールの学生であり、英語は堪能であった。ある日帰りの生徒に先程の言葉の通じない理由を私のまずい英語でたずねてみた。その時はじめて中国は広いので、各地で土語が使われている、従って言葉も違うとのことで、先程の「メメチョウ」「オソオソ」を教えてもらった。この日から、私が歩哨に立っている時は、挨拶をして通るようになり、よき目の保養となった。

この地区の思い出は中国料理がおいしかったことである。我々初年兵には中国人との会食の機会は余りなかったが、色々な機会に口にする本場の中国料理とはこんなものかとはじめて知った。前にふれたように私は応召前、大阪に住んでいた頃、会社の接待等に中国料理店を使用した。

酒飲みの人の多い宴会を中国料理でやると、次から次に料理が出るので、つい食べすぎて酒の量が少なくてすむので、よく利用したものである。日本の中華料理店は日本人の口に合うように、砂糖なども使用していたが、本場の中国料理はほとんど油と塩で味をつけているということであった。

〔太平洋戦争の勃発〕

この寧波での大きな思い出に、私が歩哨に立っている時、日本が英米に対し宣戦布告をし、太平洋戦争に突入したと知らされたことである。時に昭和十六年十二月八日のことであった。

初年兵のこととて国際情勢などわからないが、今や中国でさえこれだけ広い地域に兵力を分散し、点を確保しているだけなのに、このうえ米英を相手にはたして互角の戦いが出来るのだろうかと、初年兵ながら日本の将来や自分達のこれからのことをあれこれ考え、心配したものである。

私はこの時、出征前に私の兄に会った時のことを思い出していた。私の兄は職業軍人で、幼年学校、士官学校を経て、朝鮮の龍山の聯隊に少尉の時着任し、昭和十四年頃は陸軍の少佐だったと思う。当時は大本営勤務であったが、満洲に出張の帰りとかで大阪駅より私に電話があったので、久し振りに兄と大阪駅の食堂で食事をしながら、色々のことを話した。

その時戦争のゆくえ等についてでも多少の話題があったが、兄は先ず日本が乏しい資源に耐えられるか、次に陸軍と海軍の連携がうまくゆくか、この二つは大変むつかしい問題だと言葉すくなにもらした。明らかに大きな不安を持っていたことが、今も心に残っている。

私と兄との対面はこれが最後で、私は昭和十五年八月一日に臨時召集で入隊し、兄はこれからもかなりながく大本営勤務の後、朝鮮の龍山の聯隊に転出になり、ニューギニアの戦線に部隊長として出征、昭和十九年四月二十八日、師団長と共に舟艇で転進中を、敵砲弾によりそれぞれ戦死している。

私は歩哨に立って兄の話など思い出して、日本も大変な戦争をはじめたもので、泥沼に足を踏み込むことになるのではないかと心配であった。浙東地区の警備は昭和十六年十月二日より昭和十七年四月三十日まで続いた。

藤井初年兵らの所属した独歩一〇五大隊が、寧波駐屯時に、日米開戦を知り、藤井初年兵はさまざまに衝撃を受け、また、軍事において思い出すことも多かった。

ここでは、公刊戦史及び「槍部隊史」の記述を参照しながら、緊迫を加えてゆく信陽、寧波等の駐屯、警備事情の要点を拾ってみたい。

3

〔太平洋の浪高し〕

日米交渉は難航し、九月六日の御前会議において、帝国国策遂行要領が採択され、参謀本部は本格的に対米戦争準備にとりかかった。九月九日、参謀総長は第一次動員について上奏し允裁を受け、続いて動員が発令された。風雲急を告げ、太平洋の波浪は俄《にわ》かに高潮した。池田旅団もこの第一次動員令の一環として「俄《にわ》カニ」に飛び立つような転進となった。

第五師団は南方作戦の主力を予定されていて、大本営の唯一の直轄師団で上海に常時待機されて置かれるべき部隊で、支那派遣軍の隷下部隊でなく配属部隊であった。大本営から一時的に借りて警備に使っていたのを、返上することになり、その後釜に池田旅団が指名されたのであった。

かくて池田旅団は、信陽を発って、新任地寧波地区へ向かっている。

旅団は、武昌まで陸路を来て、武昌で乗船したが、二十一日の昼、ここで珍しく皆既《かいき》日蝕を見た。武昌と漢口の揚子江上が満蝕点で、欠けはじめが一〇・五〇頃、復したのが一三・五〇頃、太陽が完全に隠れた瞬間は、不気味な暗さで星がまたたき、蝙蝠《こうもり》が飛び交い、犬の遠吠えが諸方から聞こえた。揚子江の波はざわめき、実に神秘的であり、滅多に見られるものではなかった。

旅団は九月二十九日、南京を通航した。三十日一三・〇〇呉淞《ウースン》沖を通過、夕刻には揚子江岸を出て東支那海に入った。三十一日、鎮海港に投錨し、十月一日、野村大隊を先頭に上陸開始、三日、全部隊の上陸を完了し、鎮海西南一七粁の寧波に到着した。

各大隊は同地より行軍で、奉化《ほうか》、余姚《よちよう》、鄞江橋《きんこう》、渓口鎮に至り、十月十日、歩兵第九旅団（楠本実隆少将）と警備交代を完了した。

〈寧波地区の配備〉

旅団司令部（寧波）

余姚地区警備隊（独歩一〇三大隊）

大隊本部（小野中佐）余姚

第一中隊（鈴木大尉）、第二中隊（山本中尉）、第三中隊（吉田中尉）、第四中隊（大西中尉）鄞江橋、慈谿地区警備隊（独歩一〇四大隊）

大隊本部（野村中佐）鄞江橋

第一中隊（田ノ上大尉）、第二中隊（三滝中尉）、第三中隊（木村中尉）、第四中隊（白数中尉）

渓口鎮地区警備隊（独歩一〇五大隊）

大隊本部（池上中佐）渓口鎮

第一中隊（末田中尉）、第三中隊（吉川中尉）、第四中隊（皆田中尉）、第二中隊（松本中尉）旅団直轄

奉化地区警備隊（独歩一〇二大隊）

大隊本部（坂本中佐）奉化

第一中隊（今津中尉・西岡中尉）、第三中隊（野口中尉）、第四中隊（木村大尉）、第二中隊（宇藤中尉）旅団直轄

ほかに歩兵第一〇九聯隊、旅団砲兵隊等

〈因みに渓口鎮には『以血洗血の石碑』というのがあった。渓口鎮に住んでいた蔣介石の生母が、日中戦争開始直後に日本軍の爆撃で負傷し、「私のこの傷の血は日本軍将兵の血で洗い流すよう」と言い遺して死んだ。この遺書を石に刻む『以血洗血』の碑とした。この石碑を日本に送るとかで、一時寧波警備隊の一隅に置かれていた〉

第七十師団（槍）編成

1

　昭和十五年八月に山口の聯隊に入隊した藤井初年兵は、三ヵ月余りの教育を受け、翌十五年十二月には、宇品港から出征の途に就いている。陸軍二等兵としての出旅だったが、翌十六年二月一日には一等兵に進級し、三月十二日から三月三十一日までは、錦江作戦に従い、初年兵としての苛烈な戦闘を経験している。

　十七年十一月には上等兵に進級するが、それ以前の四月二十日に、いままで所属していた独立混成第二十旅団が、新たに第六十一旅団として編成され、内地で編成された第六十二旅団と合わせて、第七十師団（槍部隊）が誕生する。この間の経過を、藤井軍曹は左の如く手記している。

　昭和十七年四月二十日、寧波《ニンポー》において内田中将を師団長に七十師団が編成された。我々が今まで所属していた独立混成第二十旅団は、六十一旅団となり、別に内地で六十二旅団が編成され、いわゆる「槍」部隊が誕生した。六十二旅団は広島管内編成で、昭和十七年五月二十三日宇品出発、中支へ向かい征途についている。この中には私達が屯営で別れた連中が編入されていた。

師団の定員は一三七〇〇余名で、馬一二〇〇頭、自動車八〇両、一個大隊は五個中隊より成り、一個中隊約二五〇名、重機関銃八銃、歩兵砲曲射砲各二門、計七個中隊で定員一四七〇余名であった。この編成換えに従って、一〇五大隊も四個中隊から五個中隊に改編され人員も充実した。

私は第二中隊より第五中隊要員として転出することになった。この時一緒に転属したのは宇佐川曹長（のちに柴崎准尉）、笹川伍長、田中直美君達が一緒だったように思う。

永年住み馴れた中隊から出されて、新しい中隊へ行くのは余りよい気持はしなかったが、のちにふれるように私には進級のよい転機になった。この師団編成は、次の浙贛作戦に対応するためのものであった。

この作戦は我が第十三集団軍が敵第三戦区の撃砕と、主要航空基地の破壊、農畜産物及び地下資源確保並びに敵の補給ルートの切断等多くの目的のため発動されたとのことだった。

十三軍の主力は、右富春江《ふしゅんこう》（銭塘江《せんとうこう》）左岸から左天台山系に到る約一五〇キロの正面に展開し、澤田軍司令官統率のもと金華に向け進撃を開始した。これに使用した兵力約五個師団で、昭和十三年十月の武漢攻略戦以来の大規模な作戦であった。一〇五大隊は我が七十師団の最左翼大隊として行動していたが、二十三日より中央より金華正面の攻撃を命ぜられた。

ここで、私の所属していた一〇五大隊のこの作戦に参加するまでの経緯にふれると、寧波地区の警備を他部隊に申し送り、一〇五大隊は奉化県渓口鎮に移動し次期作戦の準備と訓練に忙殺されていた。渓口鎮は蔣介石一家の発生の地で蔣家累代の墓のあるところである。私達の兵舎になっていたのは中国軍の軍官学校跡だったように思う。

聞くところによると蔣介石夫人もこの地に住んでいたようで、日支事変の初期、日本軍の爆撃により爆死したとかで、以血洗血という石碑があり、夫人の無念さがしのばれる。当時の蔣介石は日本軍の急追を受け、葬儀にも帰ることが出来ず、令息がこの葬儀をした時、この碑が墓前に建てられたとか。そういえば我々の警備中、前面の中国軍は蔣経国（蔣介石の長男）と聞いたように記憶する。

この碑の意味は、今中国は日本軍のためにこの中国の地に血を流されているが、やがて何時の日にか日本民族の血をもって中国の民族の血を洗い流すのだという悲痛な怒りが、この碑にあらわれているように思われる。

渓口鎮は山間の一寸した街で、水のとてもきれいなところであった。また孟宗竹の竹林が多く、竹細工の品もたくさん見られた。筍の収穫をしているのをみたが、私達内地での記憶をたどってみても、筍が地上に頭を出したのを見つけて掘ったものだが、この地の土民の筍掘りは、まだ地上に頭を出さない程度の時掘っているようであった。従って余り大きくはないが、如何にもやわらかそうで、一定の太さのものばかりであった。

この警備中、兵隊は毎日毎日「たけのこ汁」で閉口したことを思い出す。山頂の分哨にもこのダブダブした汁を運ぶのに苦労した。

先程ふれたように七十師団の誕生と共に大隊の編成も四個中隊だったものが、五個中隊編成になった。私はこの時、二中隊より五中隊に転属になった。またこの編成に当たり、他部隊からもかなり反転の下士官兵が来た。

宮本曹長、池上伍長、梶原、福原、長代、阿部班長等がこの五中隊に来た。この時の部隊の編成は次の通りである。

大隊長　池上中佐
第一中隊長　末田中尉
第二中隊長　松本中尉
第三中隊長　吉川中尉
第四中隊長　皆田中尉
第五中隊長　原田中尉
機関銃中隊長　滝本中尉
歩兵砲中隊長　武藤中尉

我々はここで駐留警備をしながら浙贛作戦の準備をしていたが、出動も差し迫っていると思われる頃、私は分哨勤務についていた。この時、ちょっとしたハプニングがあり、歩哨の控えをしている兵隊が不注意で、中国兵捕虜を逃がしてしまった。その罰で我々は連続勤務をさせられ、作戦に出発するまで勤務をすることになった。出発準備に大変忙しかったことをよく覚えている。

さて我が部隊本部は昭和十七年五月十三日、浙江省渓口鎮を出発、第七十師団（槍部隊）の右翼縦隊として、翌十四日、奉化県城を発進した。これから金華までは重畳たる天台山系の峻嶮である。奉化県城を出発して、昼夜を分かたぬ強行軍、二日程度で新昌県に入っていた。

部隊は山岳地帯を行軍し新昌県岐路に達し、東側高地で重機関銃の山本小隊が昼食をとっていたところに敵の迫撃砲攻撃を受け、山本小隊長外五名の戦死、河本第一分隊長、金子第二分隊長外、兵二六名の死傷者を出した。第二分隊長金子伍長は私が第二中隊にいた頃、重機が中隊に配属されていたので私も面識があった。ちょうど負傷して担架で後送中に運よく行き合わせたが、全身血だらけで、お気の毒にとても助からないだろうと、その時思った。「頑張って下さい」と、一言はげましの言葉をかけて行軍を続けた。

私が内地に復員して、戦友を通じて金子班長の消息をたしかめたところ、あれから傷もよくなり再び原隊復帰し前線に出られ、今は山口県厚狭《あさ》で出征前の会社に勤めておられるとのことで、健在を知り自分のことのようにうれしかった。

さきにもふれたように金華までの行軍は山亦《また》山の山岳地帯の行軍で、砲兵隊など普通行軍中は砲を分解して馬の背に乗せていわゆる分解搬送をしているが、急峻な山を登る時とか水田地帯の通過に際しては馬が通れないことがある。このような時は人力搬送をしなければならない。

このような人力搬送になると、我々護衛の歩兵部隊も手伝わねばならない。砲身は前一人後二人、車輪は一人一個、砲の大切な部分に当たる「槓桿」は砲の発射操作をするところで皮で包んであり余り大きくもないので、一番軽そうな感じであった。私はこれを選んだ。分隊の兵隊でこの人力搬送任務につかない者は、搬送者戦友の装具と銃を持たねばならない。背嚢一個銃二梃はこれまた大変である。

さて私の選んだ槓桿は大切なものだから、絶対に落とさないようにとの注意を受けた。小さいが抱いて歩くとなると案外重いのと、不自然な格好して急坂を登らねばならない、ほんとに困った。これからは分解搬送があっても、二度とこれは取るまいと思った。このようにして我が槍部隊の歌にあるように、十日百里の天台山系大踏破の難行軍を続けた。

〈槍部隊の歌〉小沢少佐作・戸山学校曲。

(一)柳楊萌ゆる浙東に　昔渡りし先覚の　高き勲し偲びつつ　鉄の団結なりにけり
其の名も雄々し槍部隊　今将兵の意気高し

(二)過ぐる浙贛作戦に　夜を日にかけて万岳を　十日百里の大踏破
たちまち屠る金華城　其の名も猛し槍部隊　今将兵の意気高し

この行軍中にも敵は地雷など埋設しており、前の部隊が地雷の危険のあると思われるところに白い紙で標示してゆくのだが、終わりを行軍する部隊には足の踏み場もない状況である。この行軍中、私が第二中隊にいた時同じ分隊で大変お世話になった同年兵の大谷藤一君が地雷を踏んで体が吹き飛んだ。部落に入ると入口に埋設してあったり、紐のようなものが下がっていて、邪魔になるので引っぱると地雷が爆発する仕掛になっていたり、敵もあらゆる抵抗を試みていた。

金華に近づくにつれ、敵の反撃はいよいよはげしく、二十六日には全く動けない状況であった前面の陣地から撃って来るので、我々は攻撃前進中、水田の土手にへばりついたまま前にも後にも動けず、時は五月末のこととて、喉はかわく、水はない、とうとう田の水をタオルでこして飲んだが、心配した下痢もしなかった。

前にふれたように、この頃は一〇五大隊は金華正面攻撃に移っていた。この日は日暮れを待って、小高い山に陣地確保をして一夜を過ごしたが、寝る暇などなかった　敵を前面に控え、全員警戒態勢のまま一夜を過ごした。

翌日、私たちの分隊は負傷者救援命令を受け、前線から負傷しながらどうにか歩いて下る負傷兵に手をかしてやることになった　行動をおこして暫く前進すると、凹地に将校の方が負傷し白い包帯で腕を首に吊っていて、いたいたしい姿で立っておられ、「救援すまぬ。迫撃砲弾が来るから気をつけて行ってくれ」との言葉が終わるか終わらないうちに、ヒュルヒュルという音がした。

すわ迫撃砲弾だとすぐに伏せた。迫撃砲は射程を前後に変えるのは割合楽である。従って弾丸が前後に落ちるので、私達は先ず左右に避けた。何発かはかわしたが、遂に一発が二、三米《メートル》の近くに落ちた。

私は、脚を何かでなぐられたような気がした。そして異様な煙硝の臭いがあった。別に痛いとは感じなかったが、とにかくやられたと思った。足をみると服の上に血が出ている。もしかしたら重傷を負ったのかも知れないと思った。

最初にやったことは、先ず上体を起こしてみたが、別に何ともなかった。今度は足を持って持ち上げてみたが、ここも骨には異状ないようであった。次に足首を動かしてみたが、骨には異状がない、血は出ているが重傷ではないように思い、救急所に行ったが、負傷が軽いと見てもくれない。それ程重傷者でごった返していた。仕方がないので、そのまま自力で歩くことにした。

血の出るままで四粁《キロ》程度も行軍したが、小休止すると立つ時痛くて立てなくなった。とうとう戦友が見かねて、応急の担架を竹で作ってくれ、現地の中国人二人に担がせてくれた。行軍隊形は長くなり日は暮れかける。私の担架は段々隊列からおくれる。兵器は帯剣しか持っておらず、心細いことこの上ない。何時担架をほうり出して逃げ出すかわからない。しかしどうにか宿営地まで辿《たど》りついた。その日は農家の薄暗い納屋のようなところに寝かされた。野戦病院といえばきこえはよいが、毛布があるわけではなく、草をふとんがわりにして横になっているが、ズキンズキンと痛みが来て眠れない。特に夜が更けて静かになると、益々痛みを感じる。翌日はお寺のようなところに移された。ここでも枯草を敷いた寝床である。

私の足には六つくらいの傷があった。漸く衛生兵が来て傷を見て、これは盲貫だから弾が残っているだろうといって、セッシ（小さな金の棒）をもって傷口をつついてみる。痛くてたまらない。翌日も別の衛生兵が来て同じことを繰り返す。たまったものではない。こちらは一等兵でやめてくれとも言えない。

この野戦病院にはかなりの負傷者が収容されていたが、治療するにも薬がないので、二日に一度程度の治療であった。私の傷は中に弾があるので、弾を出すか肉がまくのを待つより方法がない。従って消毒程度の治療である。それでも傷口の膿を取ってもらうと、半日くらいは楽であった。

薬も時々、飛行機投下程度で補給がつかない様子であった。傷口にウジがわくという話をきいていたが、ここではその事実をみた。それ程治療薬が不足していた。その内敵の野戦病院を急襲して薬を取ったという噂も流れた。この頃から一時、毎日治療してくれるようになった。

野戦病院の食事は玄米食で砂とヒエ（稗）、モミの混入した飯が椀に一杯ずつ一日二食であった。おかずはほとんど玉ねぎの岩塩汁で、二ヵ月間に罐詰肉が二回程度ついた。煙草はこの間に二回配給があり、一回一人三本だが私の隣りに寝ている戦友が吸わないので、六本もらったことになる。煙草の葉を乾かしたのを刻んで紙に巻いて吸っている連中もいたが、とても辛くて私には吸えなかった。

この野戦病院では、重傷者は次々に死んでいった。足を切断しぶらんと下げてあるのを見たが、この人も間もなく死んだとのことであった。こんな設備のないところで切断されたら、先ず命はないと思わねばならない。こんな状態だったので、私の体も痩せるだけ痩せてヒゲは伸び放題。衛生兵など「おいヒゲ」と呼んでいた。

私は金華入城の直前に負傷したので、とうとう金華は知らない。一〇五大隊は入城命令より確か二日おくれて入城したようである。五個師団も動いた大作戦の金華入城も見ることなく、この作戦がどのような結果になったかも全くわからないまま、二ヵ月間もこのような闘病生活で過ごした。

2

第七十師団（槍部隊）は、昭和十七年四月二十日に誕生し、藤井一等兵も槍部隊の第一〇五大隊の一員となった。しかし、編成後一ヵ月足らずで浙贛作戦が発起され、第一〇五大隊も同年七月十五日に、駐屯地渓口鎮を出発している。藤井一等兵の従軍記は、藤井一等兵が金華県突入の直前の負傷で断たれてしまっているが、第七十師団の創設については、陸軍史そのものの重要な内容、部隊の編成改革についてのさまざまな問題も秘められているので、ここで第七十師団をモデルとして、少々軍事事情に触れておきたい。幸い「槍部隊史」（秋山博氏編述）に、編成事情がきわめてわかり易くまとめられてあるので、要点を引用させてもらいながら、旅団が師団に昇格してゆく経緯を解明していきたい。

〔昭和十七年春の状況〕

前年十二月八日対米英開戦以来、日本軍は海に陸に連戦連勝し、国民は興奮の坩堝《るつぼ》にあった。

一月にはフィリッピンの首都マニラ、二月にシンガポール、三月に入るとビルマの首都ラングーンを、さらにインドネシア諸島を攻略した陸軍の進撃は止まることを知らなかった。

だが、しかし、破竹の勢いというのは、十七年の春までのことで、調子よかった大本営発表も少し調子が落ちて、これを聞く国民も頭をかしげる戦況となってきた。開戦わずか四ヵ月にしてである。

マニラは陥ちたがバターン半島に逃げ込んだ米軍の抵抗に手古摺《てこず》り、コレヒドール島の要塞攻略は難しかった。

四月には空母から発進した米軍特攻爆撃隊が東京などを空襲したので、米海軍はハワイで壊滅したはずなのに、遠く日本を襲うほどの力が残っているのか、と日本国民は戦勝の酔も覚めた。

そしてミッドウェイ海戦である。大本営発表では引き分けのように感じられたが、街の片隅では負けであったと秘かに話されていた。

米軍が土俵際から盛り返したのがガダルカナルの争奪戦であり、半歳の攻防で十八年二月、日本軍は同島から撤退し戦争の大勢は決した。この後の三年は米軍が一方的に押しまくった。ただし中国に限っては互角にわたり合っていた。双方極め手のない膠着状態がそれを示している。思えば昭和十七年春とは、日本陸軍の最盛期であった。

総兵力二二七万（内地・朝鮮・台湾六一万　満洲六五万　中国六二万　南方四〇万）在郷軍人四六八万。

四月から始まる昭和十七年徴集兵の徴兵検査では、受検壮丁は六四・九万と見込まれた。現役兵三九・二万で徴集率六〇％（陸軍三三・九万　海軍五・三万）第一補充兵一一・六万を加えると、七八・二％に達するものと予測された。

陸軍兵の徴集実績は次のとおりである。

徴集年度	現役兵	第一補充兵
昭和十三年	三二・三万	一一・〇万
昭和十四年	三四・三万	一〇・五万
昭和十五年	三一・九万	一四・七万
昭和十六年	三三・五万	一一・九万
昭和十七年	三三・九万	一〇・五万
昭和十八年	三五・七万	一二・〇万

（註）昭和十五年の一補が多いのは、この年海軍が一補を徴集しなかったことによる。

昭和十六年夏、太平洋戦争の直前ではあるが、未だ南方軍が編成されてない頃、陸軍は五一個師団を保有していた（留守師団を除く）。内地と朝鮮、台湾に一〇、満洲に一五、そして中国には二六個師団がいた。このほか中国には独混旅団が一九個あった。

この師団の内、内地と台湾から四、中国からは七個師団が南方軍の編組に入った。支那派遣軍としては、警備が手薄くなるので、穴埋めしなくてはならず、そこで考え出されたのが、独混旅団を改編強化して師団に昇格させることであった。

ここにおいて陸軍初めての軍旗を持たない独歩大隊編制の師団の誕生となった。以上が第七十師団創設の経緯である。

即ち、二月二日軍令陸軍八号により左記六個師団の編成が令された。

第五十八師団＝広（熊本師管）旧独混十八旅団
第五十九師団＝衣（東京師管）旧独混十旅団
第六十師団＝矛（東京師管）旧独混十一旅団
第六十八師団＝桧（姫路師管）旧独混十四旅団
第六十九師団＝勝（弘前師管）旧独混十六旅団

第七十師団＝槍（広島師管）旧独混二十旅団

各師団は師団司令部、歩兵旅団司令部二、独歩大隊八、工兵、輜重、通信隊、野戦病院および病馬廠各一隊により編成され、人員約一二〇〇〇名、馬匹約一二〇〇頭である。

（註）師団番号が第五十八より始まっているのは、当時すでに内地に第五十一～第五十七は存在していた。そして第六十一～第六十七を飛ばして空番とした理由は、当時内地にあった第六十一～第六十七独立歩兵団を、将来、師団に改編する際の師団番号を同番号にするため、この番号を留保することによるものであった。ただし、後年、この番号を揃えるという計画は崩れた。

上海兵站病院へ

1

歩兵大隊将校職員
独歩第一〇五大隊
大隊長　中佐　池上猛彦（27期）
副　官　少尉　三浦鼎三（幹4）
付　大尉　古田佐二郎（少17）
付　少尉　大西秀幸（幹5）
主　計　少尉　小西参三郎（幹5）
軍　医　中尉　井上公明
同　少尉　名川同雲
獣　医

第一中隊
中隊長　中尉　末田賢（幹2）
付　少尉　伊藤栄（幹4）
付　少尉　長崎寿夫（幹5）
第二中隊
中隊長　中尉　松本紀元（幹1）
付　少尉　川之上憲一（幹4）
付　少尉　門屋方典（幹5）
第三中隊
中隊長　中尉　吉川義則（幹1）
付　少尉　岡田功（幹5）
付　少尉　堀越重貴（幹5）
第四中隊
中隊長　中尉　皆田武（幹2）
付　少尉　新名勝義（幹4）
付　少尉　野田哲夫（幹5）
第五中隊
中隊長　中尉　原田武雄（准）

付　少尉　山崎治（幹5）
付　少尉　土居健曠
機関銃中隊
中隊長　中尉　瀧本修市
付　中尉　柳井敬三（幹2）
付　少尉　山本康参（幹5）
付　少尉　山本悦二（幹5）
歩兵砲中隊
中隊長　中尉　武藤慈保（准）
付　少尉　星出輝夫（幹3）
付　少尉　野村行雄（幹4）
付　少尉　竹形一雄（幹5）
萬田成明（幹5）
付　少尉　藤本藤市（幹5）
所属不明　少尉　林　某（幹5）
歩兵砲中隊一名定員外

〔第十三軍の戦闘序列に入る〕

新設の六個師団はそれぞれ軍の戦闘序列に入った。

大陸命第六百十三号

命令

一、別紙ノ部隊ヲ第十軍、第十一軍、第十二軍、第十三軍戦闘序列ニ編入ス

二、三……（筆者省略。以下同じ）

四、隷属転移ノ時機ハ第一項ノ部隊ニ在リテハ其編成完結ノ時（……以下省略）

五、細項ニ関シテハ参謀総長ヲシテ指示セシム

昭和十七年四月十日

奉勅傳宣　参謀総長　杉山　元

支那派遣軍総司令官　畑俊六殿

別紙

第一、第十二、第十一、各軍戦闘序列ニ編入スル部隊……（省略）

第十三軍戦闘序列ニ編入スル部隊

第六十師団

第七十師団

戦闘序列とは作戦軍の編組をいう。

第十三軍（登集団）は、昭和十四年九月、支那派遣軍総司令部と同時に新設された。初代司令官は西尾寿造大将（14期）が総司令官と第十三軍司令官を兼務し、第二代は藤田進中将（16期）、現三代は沢田茂中将（18期）。続いて下村定中将（20期）、永津佐比重中将（23期）で、終戦時は松井太久郎中将であった。

軍には直轄する大小の多数の部隊があって、軍司令部以下これらの部隊を（登部隊）と通称したのである。

なお前後するが、編成下令の「軍令」は次の様式となっている。

朕在支部隊臨時編成（編成改正）、第〇〇〇次復帰（復員）要領ヲ制定シ　之ガ施行ヲ命ズ

御名御璽

昭和十七年二月二日

陸軍大臣　杉山　元

軍令陸甲第八号

在支部隊臨時編成（編成改正）、第〇〇〇次復帰（復員）要領

第一條……以下筆者省略

（條は多く、数十頁に及ぶ多量のもので付表も多数あって、部厚い冊となっている）

「軍令」とは、陸海軍ノ統帥ニ関シ勅定ヲ経タル規程。軍令陸甲（軍事機密事項）および軍

令陸乙（秘密事項）は、ともに発簡の文書番号であり、暦年ごとに第一から始まる。略して「令甲」「令乙」と使用することが多い。軍事機密には動員計画、戦時編成などがある。

「軍令」は陸軍大臣が管掌、これに対して作戦関係命令は参謀総長で、日中戦争開始当初は「臨時参謀本部命令」、略して「臨参命」。昭和十二年秋、大本営が設置されてからは「大本営陸軍部命令」、略称は「大陸命」となった。この番号は暦年ごとに新しくすることなく、第一より通しで発簡される。補助的に使用されるのが「大陸指」。

〔通称番号と一部変更〕

第七十師団も「槍」の文字符を引き継いだが、通称番号は旧独混時代使用の数字を変更された。

師団司令部	槍二三三九
歩六一旅団司令部	〃二四三〇
独歩一〇二大隊	〃二三四一
独歩一〇三大隊	〃二三四二
独歩一〇四大隊	〃二三四三
独歩一〇五大隊	〃二三四四
歩六二旅団司令部	〃二三四五
独歩一二一大隊	〃七一五二

独歩一二二大隊　〃七一五三
独歩一二三大隊　〃七一五四
独歩一二四大隊　〃六七八四
師団工兵隊　〃二三四六
同　通信隊　〃二三四七
同　輜重隊　〃二三四八
同　野戦病院　〃七一五五
同　病馬廠　〃二三四九

寧波編成と内地編成では番号に一貫性がなく、福岡編成の番号は列外である。番号を配当する源が三ヵ所あったようであり、編成担任部隊が勝手に選んで振り付けたとも思える。

第七十師団の編成内容の紹介は以上で終わるが、独歩一〇五大隊だけをこまかく記述しているのは「藤井軍曹の手記」をまとめるに当たって、重要だったからである。

藤井軍曹は、初年兵として錦江作戦に参加し、作戦終了後、各地を転々とし、昭和十七年五月に発起された「浙贛作戦」に加わり、金華城攻略に向かったが、入城直前に負傷して野戦病院に収容されている。藤井軍曹は、この時はまだ一等兵だったが、病床で、金華入城を果たせなかった無念を思い、一兵ながらも、作戦の経過を案じ、その成果の大ならんことを念じている。

ここで「浙贛作戦」の発起された軍事情勢について、少々触れておく。野戦病院入院中の藤井一等兵は、上海の兵站病院に輸送されるのだが、この作戦そのものは五ヵ月に及ぶ大作戦である。

昭和十七年四月十八日、房総半島東方の太平洋に前進した航空母艦から発進した米軍爆撃機が日本本土を奇襲した。これらの飛行機は東支那海を渡り、浙江省の衢州《くしゅう》、玉山《ぎょくざん》、麗水《れいすい》の中国軍基地に着陸を計画していた。

この飛行場群を覆滅するため、軍は五月中旬より大兵力をもって、東西より進攻し、九月末までに作戦目的を達成した。

これを「せ号作戦」、浙贛作戦という、浙は浙江省、贛は江西省の別称。この間六月は梅雨期に相当する「黄梅天」であり、六〇年来の豪雨に見舞われ、河川は氾濫《はんらん》し浸水は丈余に達し、将兵は泥水と雨に悩まされた。八月は炎暑の連日で食糧の欠乏、軍靴は破損し、中国服姿で戦うなど苦難の五ヵ月であった。

第七十師団は軍の最左翼で山岳を突破したが、その難行軍は言語に絶した。

作戦途中において、軍の最左翼の位置から中央方面に廻って金華攻略に向かう際に、あの豪気な野副旅団長も、さすがに参って師団長に対し、「兵が疲労の極にあるので少し眠らせてくれ」と具申したところ、師団長は、「原任務続行」と一言にして撥ねつけ即刻、敵前における師団の旋回運動を敢行し、不眠不休の急行軍となり堅陣金華城に殺到したのであった。「夜を日に代えて万岳を、十日百里の大踏破」

まさに部隊歌のとおりであった。

〈以上の記述は「槍部隊史」からの引用だが、「浙贛作戦」で、金華城を前にして負傷入院した藤井軍曹の述懐と通じている。野戦病院に入院、闘病中の経過を、「藤井軍曹の体験」の手記より引用してみたい〉

2

――野戦病院に二ヵ月もの間、闘病生活をつづけているうち、重傷者の中から、飛行機後送をする、という噂が出だした。この頃から軍医が病状の調査をするようになった。

また、こんな噂も流れた。飛行機後送に洩れた者は、約一ヵ月程度かけてトラック輸送とのことであった。人間の関節というものは使用しないでいると、曲がらなくなるもののようである。私は左足の方に傷が多かったので、この方の足を余り動かさなかったため、左膝が曲がったままになって、充分伸びないようになっていた。

後送要員を決めるためか、軍医が患者の状況を一日二度も見に来るようになった。何としても飛行機後送にしてもらいたかった。トラック輸送で一ヵ月もかけられては、脚を切断するようになるのではないかと不安であった。軍医が足を胸に当てて曲がった方の足を引っ張るので痛いと顔をしかめると、お前大げさなのだろうといって気合をかけるのだが、何としても飛行機後送の部に入らないと足が腐って生命がないと思い、懸命に軍医と戦った。終わりに近い方ではあったが、飛行機後送の部に入ることが出来た。これで助かるというのがその時の気持であった。

いよいよ明日後送という前夜、討伐に出た部隊に重傷者が二名出た。一人は大腿部貫通、他の一人は胸を撃ち抜かれたそうで、この二名の重傷者を我々の番にかえることになり、私は後送延期となった。この調子だと最後の便も危ないものと心配だった。でも、その次の便で杭州まで飛行機後送という幸運に恵まれた。

飛行機といっても郵便物を運ぶ小さなもので、四名くらいしか寝られなかった。私達は四名が乗り込んだが、その中で上体が自分で起こせるのは私一人で、他の者は寝たままであった。

この日はどんよりと曇った日であったが、飛行機はたちまち雲の上に出た。晴れていてとてもきれいであった。下をみると雲がふわふわ綿を投げたように素晴らしい風景であり、ふわっとした綿の上に飛び下りてみたいような衝動にかられたものである。私が思わず素晴らしいといったので、他の連中も見たいというが、もし体にさわるといけないので我慢させた。

やがて杭州の飛行場に着陸、杭州兵站病院に収容されすぐ診察を受け、この日はここで一泊し、翌日、上海の兵站病院へ後送と決定した。

この杭州の病院に金華入城で大腿部を重傷した戦友が野戦病院より一足先にここに下がっており、私はこの夜、彼の隣ベッドに寝ることになった。早速彼は加給品の羊羹《ようかん》を出して、

「お前が来るだろうと思い大切に取っておいた。何時来るかと毎日待っていた」という。私は前にも書いたように、一期の検閲の時、友景班長よりいただいたアンポウロ、秋吉台の演習で外出をもらい洞口の鹿取館でいただいた羊羹、それとこの度の杭州兵站病院の羊羹が、私の七十年の人生の中で一番おいしい菓子だったように思う。私の戦友が自分の加給品を食べずに、あの野戦病院の過酷な生活を知っているだけに残しておいてくれたのであろう。戦友の気持が身にしみて嬉しかった。この戦友とも一夜の語らいで、私はまた上海へと後送された。

お互い一日も早く元気になって、再び前線で再会することを約束して別れたが、これ以来この戦友との再会は今までなく、その生死さえわからない。四十数年を過ぎた今日でも、杭州に飛行機で辿りついた、あの病院の一夜は、ありありと思い出される。この人は四国出身の兵隊であった。

〈上海兵站病院〉

上海兵站病院は、学校を接収したものと思われ、大きな病院であった。私はここで本格的な治療をするわけだが、両脚に六つ程の盲貫銃創の傷があった。砲弾の破片が残っている筈である。今の病院なら、すぐレントゲンをかけて弾の位置を確認したと思うが、上海でもレントゲンには一度もかかっていない。

先ず入院して体を作らねばということで、私には特別食の支給があった。野戦病院で玄米二食程度で副食物らしものは取っていないので、痩せられる程痩せて四二キロ程度の体重になっていた。病院に入って二回程度軍医の回診があったが、それからというものは、婦長が看護婦を一人連れて回診していた。入院患者が多くて、手が廻らないのだろう。

その婦長が、あなたのは傷が多いが治療が痛かろうから、毎日一つずつ治療することにしようという。二ヵ月も野戦病院で治療らしいことをしていないので傷口の肉は腐っていた。その悪い肉をピンセットでちぎり取って、体力がついて肉の盛り上がるのを待つとのことであった。肉をちぎりとるのであるから、まことに痛い。婦長は、痛いだろうが我慢しなさいという。

ほんとうに油汗が出るが、歯をくいしばって大丈夫ですと、兵隊らしい痩せ我慢をいうと、婦長に随行していた看護婦が「……大丈夫なんて青くなって油汗を出しているくせに」と全くにくらしい口のきき方をする。ところが、顔だけは我々の病棟で一番の別嬪《べっぴん》であった。それだけに特別にくやしくきこえた。

この看護婦については幾つものエピソードがある。兵隊は戦地に渡ってから我々のような一線部隊では、日本の女性など見ることはない。私も渡支以来この入院の時くらいである。どうしても入院の兵隊達がちやほやする。従ってますますよい気になって、態度が横着になる。

病院の食事は各部屋毎に炊事室に取りに行くのだが、ここに来ると看護婦の顔が見られるので率先して行く連中がいる。先程の別嬪の看護婦が食事当番の時など、気にくわぬと兵隊のビンタを飯のついた杓子で取るので有名であった。私は一ヵ月の入院生活をしたが、一度も分配に行ったことがないので、現場を見たことはないが、前から入院していた連中が話していた。とにかく別嬪を鼻にかけてどうしようもない女であった。

この病院には戦地のこととて、外科の患者が大部分であるように思った。我々の部屋にも一四、五人の患者がいたが、戦傷患者は我々三名だけであった。他の連中の中には、ヨコネを作った性病患者も何人かいた。部屋の掃除や便所の掃除は、我々戦傷患者は別扱いされていた。掃除など性病患者にさせればよいといった具合で、ここでもみじめであったが、そういうわけにもいかないので、お互いいたわりあっていた。

ある日、我々戦傷者が三名窓際にたむろして、昔の思い出話をして談笑していると、病院の庭を隣病棟から例の別嬪の看護婦が歩いていた。我々は別に気にもとめず話をしているところに、つかつかと今の看護婦が入って来て、あんた達、私の顔をみて笑ったわね、何がおかしいですかと大変な権幕。部屋中の者が突然のことなので、皆あっけにとられて一時ぽかんとしていた。

日頃から一事が万事横着なので、一段落するとカチンと頭に来た。藪から棒に何のわけのわからないことをいうのか。大体貴様は平素から態度が横柄だ。わけのわからないことをいうな。なぐるわけにもいかないので、頭の白い帽子を取って窓の外にたたきつけてやったら、泣き出して出て行った。

ところが、同室の前からいる連中が君達はえらいことをした。あやつには衛生兵の軍曹がついている。今までに患者が随分なぐられている。必ず仕返しに来るといって少々の心配のしようではない。私達はあの苛酷な浙贛作戦を数ヵ月もやって生死の巷をくぐって来ただけに、かなり荒れている。看護婦にこのような因縁をつけられる覚えはさらさらないので平気でいると、部屋の連中は今までもあの軍曹に随分やられているので、来たらあやまった方がよいとしきりにいう。

そうこうしているうちに、話題の軍曹が血相をかえてやってきた。看護婦をなぐったのはどいつだとどなるので、ここには彼女をなぐった者はいないというと、うそをいうなとどなる。確かに帽子はとってほうったが、なぐった覚えはない。

実はこれにはこのようないきさつがある、ありのままを軍曹に冷静に話し、部屋の連中全員に確認させたところ、全くその通りと皆が言ってくれた。

今度はこちらから、あの看護婦は一体何者か。我々は何ヵ月も作戦をつづけ、二ヵ月間も薬のない野戦病院で過ごし、やっと飛行機で後送され、ここに収容された。食べるものもなく、衰弱した負傷の身を一日も早くいやして、戦友達の頑張っている前線に復帰しようとしている我々に、あの看護婦は何たる雑言をぬかすのか。前線だったら既に命はないぞ。帽子をほうられてすんだのは有難く思え。もし我々の行為に対し問題があるのなら、本人をつれて来い。白黒をつけてやる、とちょっと演出をやったところ、急に軍曹がおとなしくなって、事情はよくわかった。こちらもいいすぎたかもしれない。よく言ってきかせるから、こらえてくれというので、相手は上官でもあるし、こちらもあまり頭に来たので失礼なことをいったかもしれないが、許してほしいということですんだ。

このあと部屋の連中が喜んで、こんな溜飲の下がったことはない、といってはればれとした顔になった。我々は新入者で何か打ちとけないところがあったが、この件以来仲よく話ができるようになった。

病院というところは他に何もすることがないので、思い出多いところであった。ここでもう一人の看護婦のことをお話する。この看護婦さんは我々の病棟では美人ではなかったが、ほんとに気のやさしい人で、患者にはまさしく白衣の天使であった。

治療室に行くと、この人だけは我々戦傷者の包帯は必ずその手でとってくれた。他の看護婦は包帯くらい自分で巻きなさいといって我々に取らせる者が多かったが、この人だけは、どんな人にも親切であった。白衣の洗濯など自分でせねばならなかったが、この人がそっと取り換えておいてくれるようなこともあった。誠心誠意、患者の面倒をみてくれた。

あとで戦報にこの人の表彰記事の出ているのを見て、ほんとうに表彰に価する人だと思った。先程の白衣の鬼子と比べると、天と地程違った人間であった。

約一ヵ月の上海での病院生活で傷は一通り癒えたが、膝がまだ充分伸びないので、毎日伸ばす訓練をするようにいわれていた。傷の治療をしてくれた婦長が、あなた達は退院したらまた一線部隊として戦闘に出るようになるだろうから、一週間程自由な時間をあげる。外出は出来ないが、病院の中でゆっくり休養を取って下さい、といわれた。

第七十師団編成の内容

1

師団の編成事情については先述したけれど、戦記戦話等を読むには、部隊編成の事情はかなり重要なので、第七十師団をモデルにしてつとめて詳細に「槍兵団史」から記事を引用しておきたい。

編成事情の解説記事にも、なにかと参考になる部分が多い。ただし、各大隊内部の編成内容は、煩雑になるので、この作品の「藤井軍曹の体験」にかかわる独歩第一〇五大隊だけを、できるだけ細部にわたって紹介しておきたい。

第七十師団司令部

独混二十旅団司令部の主要職員を基幹とし、隷下部隊、内地部隊、在支部隊からの転属要員をもって編成した。編成完結は四月二十日。

参謀部―庶務、作戦、後方の各課。編成、情報の各室。通信、電報、報道の各班。
副官部―庶務、人事の各課。功績、機密図書の各室。文書班。
兵器部―庶務課。兵器、弾薬、兵器勤務の各班。
経理部―庶務、主計、衣糧の各課。経理勤務班。
軍医部―庶務、医務の各課。衛生、薬剤、歯科の各班。
獣医部―庶務課。医務、衛生、馬糧、装蹄の各班。
管理部―庶務、調達、管理の各班。
以上で師団長以下一七五名。ほかに軍属四七名（うち四名は判任文官、ほかは雇傭人）。

歩兵第六十一旅団司令部
歩兵第六十二旅団司令部

両司令部とも独混二十旅団司令部の職員を充当し、不足員数は隷下または他部隊からの要員を加えて編成した。

通信班は指揮班、有線と無線の二小隊。有線器材は五分隊。無線器は三号甲二、五号小型六、五号三分隊、小型二分隊に編成。

以上で一司令部は旅団長以下一二二名、軍属七名、なお司令部の実際の運用にあたっては隷下部隊から多数の将校以下、たとえば護衛小隊などを勤務者として出向させている。このようにして旅団司令部は約二〇〇名が常態である。

独立歩兵大隊（八個）

本部、一般中隊五、機関銃と歩兵砲中隊が各一、計七個中隊で編成され、定員は一二七四名。馬匹一一六頭。

大隊本部　三二名
一般中隊（各中隊）　一九三名
機関銃中隊　一三三名
歩兵砲中隊　一四四名
計　一二七四名

この後、昭和十八年十二月一日、軍令陸甲一一五号により五〇名（一般中隊に一〇名）増員されたので一三二四名となった。

一般中隊は指揮班二八名と三個小隊。各小隊は五五名（小隊長、連絡下士官一、将校伝令一、分隊員五二）。

各分隊は一三名。第一～第三分隊は軽機関銃。第四分隊は擲弾筒。中隊には一一年式軽機関銃または九六式軽機関銃が九。八九式重擲弾筒九。

機関銃中隊は九二式機関銃八（四個小隊）。

歩兵砲中隊は四一式山砲（聯隊砲）二、九二式歩兵砲（大隊砲）四で三個小隊。

山砲は分解し駄載（膂力《りょりょく》でも）して運び、どこまでも歩兵について行くので、歩兵随伴砲兵と呼ばれる。

師団工兵隊
工兵隊長以下一七八名。馬匹六頭。三個小隊、一個小隊は四分隊。九三式火焔発射器四、九五式折畳舟五。
旅団工兵隊要員を引き継いで編成されたが、昭和二十年二月一日、軍令陸甲一八号により増強された。即ち三個中隊編成、人員九〇一名、馬匹一一九頭、自動貨車四。これらの大改編は対米戦闘準備のためであった。火焔発射器はトーチカ銃眼攻撃用。
師団輜重隊
輜重隊長以下四七二名。馬匹二〇八頭。自動貨車五五。三個中隊編成、第一、第二中隊は車輌、第三中隊は自動車。
本部と第三中隊は独混二十旅団司令部が編成担任、第一、第二中隊は広島の輜重兵第五聯隊補充隊で編成。
師団通信隊
通信隊長以下三三二名。馬匹四四頭。有線中隊一、無線中隊一。
編成担当官は独混二十旅団長。同旅団通信隊要員を基幹として編成。
九四式四〇回線交換機。九四式二四回線交換機、三号甲無線機、三号乙無線機、九二式電話機、九二式被覆線、軍鳩、などを装備。
師団野戦病院
衛生部将校以下三四九名、自動貨車五、広島陸軍病院で編成、野戦病院長という命課は無く、第七十師団軍医部々員として命課された軍医の内、一名が野戦病院長の職務にあたるということらしい。

師団病馬廠

病馬廠長以下四四名、馬匹二一頭。輜重兵第五聯隊補充隊で編成。

内地留守第五師団で編成された歩六十二旅隷下の歩兵四個大隊および輜重兵の二個中隊、野戦病院は五月下旬現地に到着したが、ほぼ完全編成であった。

〔歩六十一旅団の補充状況〕

独混二十旅団の歩兵大隊を歩六十一旅団に改編するには、多数の人員を増加せねばならない。

大隊定員は独混は八一〇名で、歩六十一旅では一二七四名。四個大隊では一八五六名の増計算となる。

この補充要員は内地より持ってくるのが本筋であるが、当時の広島師管では歩六十二旅の編成が手一杯であり、余裕はなかった。そこで現地の各部隊から寄せ集めて充足することになる。その状況を下士官兵を中心にして、完全に正確ではないが述べる。

第十一軍（呂集団）より

第六師団（明）熊本師管　　岳州地区

第三十九師団（藤）広島師管　　襄西地区
第四十師団（鯨）善通寺師管　　武漢地区
第十三軍（登集団）より
第十五師団（祭）京都師管　　南京地区
第十七師団（月）姫路師管　　徐州地区
独混第十三旅団（倭）名古屋師管　　盧州地区

右の各部隊より各大隊への転属は、

倭兵団　兵（14現、15補充）各大隊へ
藤兵団　兵（14現、15現）一〇五を除く各大隊へ
祭兵団　兵（14現、15現）一〇五大隊へ
月兵団　兵（14現、15現）一〇五大隊へ
明兵団　准・下士官　各大隊、一部は歩兵二旅へ
鯨兵団　准・下士官　各大隊へ
将校は（見士を除く）、藤と鯨より各大隊へ、祭と月より一〇五大隊へ

兵では師管区、徴募区を同じくした藤兵団から多く入ったと思われる。しかし、その数は四個大隊に及ばず、その不足分が祭と月から入った。これを一〇五大隊に充《あ》てたので一〇五には藤の兵隊は一人もいない現象をみた。

槍の編成以来の経緯に鑑み、四国地方の将兵が入ったことは、当然のことで異とすること

ではないが、ここにおいて一〇五では、京都府、滋賀、奈良、三重県（以上祭）、兵庫、岡山、鳥取県（以上月）、岐阜、愛知、静岡県（以上倭）の、兵士を迎えたので、四国に加えた全国各県が混在して、内務班の地方弁も多様で賑やかになった。

〔歩六十一旅と六十二旅の要員の特徴〕

歩六十一旅の兵を年次別にみると、四年兵が十三年現役、三年兵が南寧補充と十四年現役（転入組）、二・五年兵が上海での補充兵および倭兵団からの補充兵の者、二年兵が十五年現役と武昌補充、十六年現役兵はいない。

これらは何れも連続勤務者であることが特徴である。再役の者（二度目の軍務）は下士官兵隊にはいない。二度目の兵役とは、現役、補充として兵役を終え除隊して地方人となり、その後、応召した者をいう。この点、歩六十二旅とは違っていた。

歩六十二旅には十三年兵はいなかったようで、連続勤務者の最古参は南寧補充（負傷、病気で回復した者）、十四年兵は歩六十一旅の同年兵とは、入営時期が遅れた組らしく、南寧補充が先輩のようである。次に昭十五、十六年の補充兵となっていたようである。

このほかに相当数の応召者がいた。第五師団などで一度兵役を終えた者である。福岡で編成された一二四大隊には、第十二師団（関東軍）で現役であった者、第十八師団で杭州湾上陸など各地を転戦した者もいた。そして少数ではあるが、現地到着後に第六師団から准・下士官が転入している。

総じていえば、歩六十一旅は比較的近い時代の下士官・兵。歩六十二旅は時代的に少し前の古い者もいたということであり、自《おのずか》ら班内の空気も異なったものがあったはずである。将校ははっきりとしていて、歩六十一旅は若い層が多く、歩六十二旅は歴戦の年寄りも多くいた。中隊長クラスでは、その違いが顕著にみられるのは疑いない。歩六十二旅には将校も二度目の軍務（応召した将校）の者が多く、歩六十一旅の将校には二度目のお務めの者はいない。

以上、ここにいう将校とは予備役の尉官を対象とし、佐官以上、および現役将校を談ずるものではない。

2

〔歩兵第六十二旅団の編成〕

内地で新しく編成された歩兵四個大隊の編成の経過は、次のとおりである。

一、広島師管（留守第五師団）で編成。

独立歩兵第一二一大隊　歩兵第十一聯隊補充隊〈担任〉。

同　第一二二大隊　同　第二十一聯隊補充隊〈担任〉。

同　第一二三大隊　同　第四十二聯隊補充隊〈担任〉。

衛戍地〈屯営〉は右より広島市、浜田市、山口市。

二、久留米師管（留守第五十六師団）で編成。

独立歩兵第一二四大隊　歩兵第一一三聯隊補充隊・西部第四十六部隊・衛戍地福岡市。編成担任官は留守第五師団長・長谷川美代治中将（23期）。

四月二十日、編成を完結した広島師管の大隊は、次の廠舎に移転し五月下旬、現地へ出発までの間、集結訓練をした。

独歩一〇二は原村、独歩一二二は三瓶《さんべ》、独歩一二三は大田、独歩一二四は廠舎に行かず屯営において出発を準備した。

〔福岡編成の独歩一二四大隊〕

当時の内地師団と留守師団は三単位制に切り替えられていた。広島師団では福山、久留米師団では小倉が外されていて、それぞれ別の独立歩兵旅団の隷下に移っていた。従って、広島、浜田、山口の補充隊では、歩六十二旅の四個大隊に対応できず、どこかの補充隊で、二個大隊を編成担当しなければならない。

広島師管はもともと壮丁人員が少なく、久留米師管は人口も多く壮丁に余裕があったので、一個大隊を受け持ってもらうことになった。これが独歩一二四大隊編成の経緯である。

大隊編成の直後から、留守業務とその後の補充担任は山口で担任することになる。

昭和十五年徴集陸軍現役兵の総数は三二・九万（一四師管）、一師管平均二・三五万、東京師管四・四万、宇都宮師管が二番目に多く三・二万。広島は一・六万で旭川とともに最も少なかった。

〔留守業務・人員補充担任部隊〕

第七十師団は四月二十日、編成完結したが、補充業務担任部隊は次の通り。

師団司令部―留守第五師団司令部
歩六十一旅団司令部―歩十一聯隊補充隊
同六十二旅団司令部―同
独歩一〇二大隊―同
同　一〇三大隊―歩二十一聯隊補充隊
同　一〇四大隊―同
同　一〇五大隊―歩四十二聯隊補充隊
同　一二一大隊―歩十一聯隊補充隊
同　一二二大隊―歩二十一聯隊補充隊
同　一二三大隊―歩四十二聯隊補充隊
同　一二四大隊―同
第七十師団工兵隊―工兵第五聯隊補充隊
同　　輜重隊―輜重兵第五聯隊補充隊
同　　通信隊―歩十一聯隊補充隊

第七十師団野戦病院—留五師広島陸軍病院
同　病馬廠—輜重兵第五聯隊補充隊

陸軍機密第五〇〇号

人員ノ補充等ニ関スル規程
第六条　留守業務トハ概ネ左ノ業務謂《い》フ
1、人員ノ補充　2、帰還人員ノ処理　3、還送患者ノ処理　4、帰還遺骨ノ処理　5、追送還送品ノ処理　6、留守宅渡俸給料ノ取扱　7、戦歿者給与ノ処理　8、兵籍恩賞業務ノ処理
第七条
前条ノ業務中概ネ第一号ノ業務ノミヲ行フ内地軍司令官等ヲ人員補充業務管理官ノ指定ニ拠リ人員補充業務ヲ担任スル其ノ隷下部隊ヲ人員補充業務担当部隊ト謂フ

〔補充隊と留守隊〕

動員された部隊の留守を預かる内地部隊を補充隊（長）という。この内地部隊の師団長を留守第〇師団長といい、戦地の師団長とは同格である。

第五師団と留守第五師団は別個の存在である。

（動員部隊が戦地に行かず、そのまま長らく内地の衛戍地に留まることもあるが、稀なケー

スである）

これに対し満洲派遣部隊など動員されずに平時編制（高定員ではあるが）のままで（関特演で動員されるまで）、内地を留守にする場合の内地部隊を留守隊（長）という。

この内地部隊を統轄するのが、第○師団留守司令官であり、満洲の師団長に属する。これにより内地での事故の責任は満洲の師団長に及ぶ。

後者の例として久留米の第十二師団（関東軍）のケースがあげられるが、同地に第五十六師団が創設（十五年八月）されてからは、両師団の関係は別個、同格の存在となった。この時以来、第十二師団は満洲永久駐屯となり、軍旗が九州に帰ることはなくなった。

『師団人員定数』

軍令陸甲八号（昭一七・二・二）による定員一一九八六名

同一一五号（昭一八・一二・一〇）による増員人員四〇〇名。歩兵一般中隊四〇に対し各中隊（兵一〇名）

同一八号（昭二〇・二・一）による増加工兵隊（中隊増設）七二三名　馬一一三　自動貨車四

迫撃砲隊（新設）五七七名　馬二七一

以上の増加数を加えた定員数

人員一三六八八　馬匹一六七九　自動貨車七七

第七十師団司令部

師団長　中将　内田孝行（24期）
参謀長　大佐　堀島壮夫（29期）
参謀　中佐　中川俊二（31期）
副官　少佐　小沢政行（35期）
同　大尉　岡村岩夫（少3）
経理部　少佐　西村則得（少6）
兵器部　少佐　中園　潔（少5）
軍医部　少佐　今村　栄（依託）
獣医部　少佐　遠藤寛平

参謀部

情報　中尉　弘中忠美（53期）
同　少尉　曽我十四助（幹4）
暗号　中尉　特富慶二（54期）
通信　同　末永繁雄（幹2）
同　少尉　稲森正一郎（幹4）
兵器部　中尉　原田某

同　同　岡村三郎（少10）
同　見士　津森　某（幹6）
経理部　斎藤重二郎（幹5）
管理部
衛兵隊　中尉　井岡某
兵器勤務班
班長　中尉　北山永雪（准）
経理勤務班
班長　少尉　田中千春（幹5）

歩兵第六十一旅団司令部
旅団長　少将　野副昌徳（23期）
副官　中佐　岡山誠夫（29期）
代理　中尉　石岡保吉（予）
暗号　中尉　井口敬一（予）
兵器　同　吉村卯之助（予）
通信　少尉　宮崎英二（幹4）
同　見士　岡本正士（幹6）

衛兵隊　中尉　樋口政吉（予）

歩兵第六十二旅団司令部

旅団長　少将　山崎三子次郎（23期）

副官　中佐　山本政豊（27期）

代理　中尉　三浦好見（幹3）

暗号　少尉　河内博俊（幹5）

兵器

通信　少尉　岡部博夫（幹5）

同　見士　日高隆次（幹6）

衛兵隊

師団工兵隊

隊長　大尉　杉田俊光（少17）

師団通信隊

隊長　少佐　西川理助（少5）

副官　少尉　向井雅章（幹5）

主計　同　金山定夫（幹5）
軍医　中尉　船越通正（予）
第一中隊
中隊長　中尉　大津正春
第二中隊
中隊長　大尉　下白石武雄（49期）

師団輜重隊
隊長　中佐　松田正松（28期）
副官　中尉　渡辺吉明
主計　中尉　片山一夫
軍医　同　楠瀬浪男（短現）
獣医　同　三輪某
第一中隊
中隊長　中尉　新原稔（幹1）
第二中隊
中隊長　中尉　森田正介（幹2）
第三中隊

中隊長　中尉　一門教義（54期）

師団野戦病院

病院長　少佐　小森豊（現役）

付　中尉　吉武昌人（予）

付　同　沼田富弘（短現）

付　同　高田義夫

定員軍医二三名と主計一（詳細不明）

師団病馬廠

廠長　大尉　増山仁太郎（現）

付　中尉　山田勉（現役）

付　少尉　石原清

付　少尉　柴川清（予）

定員は五名（兵科将校だが不明）

第三章

富陽警備と陣地防衛戦

1

藤井一等兵が、上海兵站病院を退院して、原隊である第一〇五大隊のいる杭州付近に復帰したのは、昭和十七年の秋の終わり頃であった。残留部隊長は機関銃出身の柳井啓三中尉で、この人は奇行で知られていて、いつも鉄帽を着用していたので「鉄バチ」というニックネームがついていた。

縄飛び、駆け足をよくやり、部隊長を竹刀《しない》で出迎える等、話題の多い人であった。

浙贛作戦は八月中旬に終結し、師団は杭州に移り、一〇五大隊は銭塘江以北へ移動し、大隊本部を杭州西方の余杭《よこう》に置いた。藤井一等兵は残留隊をあとに、本式に原隊復帰をすることになった。身にはまだ弾丸が残っている。深く入り込んだ盲貫弾は除去しきれていない。

一〇五大隊の、警備地区は次の通りである。
第五中隊（原田中尉）
機関銃中隊（野村中尉）
歩兵砲中隊（武藤中尉）
は、余杭に控置し、
第一中隊（末田中尉）石瀬鎮へ
第二中隊（松本中尉）閑林阜へ
第三中隊（吉川中尉）富陽へ
第四中隊（皆田中尉）
は、独立歩兵第二大隊（大隊長山根大佐）の指揮下に入り、臨平《りんぺい》に位置し鉄道警備についていた。

藤井一等兵が、余杭で生活をはじめた時、入隊後はじめて初年兵が補充入隊してきた。これによって藤井一等兵は、初年兵から二年兵になり、藤井一等兵の場合は上等兵に進級している。

一般に軍隊は、一年間初年兵として辛抱すると、新たに兵隊が入隊してくる。しかし、藤井一等兵の場合は、入隊まもなくに錦江作戦があり、諸種の駐屯事情につづいて浙贛作戦という大作戦があり、その前に大東亜戦争が勃発している。

しかし、ようやく余杭での補充兵の入隊をみた。かわりに、長い年月をつとめた現役兵も満期を迎えて、内地へ帰還してゆく。藤井上等兵としては、さまざまの思いに、揺さぶられることになった。

以下は「私の軍歴」として書かれた、藤井上等兵の感慨である。一兵隊の意見として、素朴率直な内容が盛られている。

＊

一等兵から上等兵になるまでに、私の場合は二十一ヵ月もかかっている。二年近くかかったことになる。従って入隊以来二年七ヵ月を初年兵として過ごしたわけである。これまでの年次の兵隊で、三年近くも初年兵生活をしたものは珍しいのではないだろうか。しかも我々は三十歳近くなってからの入隊であり、中隊のだれよりも年が多い。

最初のころは若い現役の兵隊が、軍隊は年の数ではない、メンコの数だといって気合いを入れたものだが、三年近くも古兵の洗濯、食器洗い、靴の掃除までお兄さんみたいなのにやらせていると内心気がとがめるらしく、二人になると、班長なども、「藤井、おれたちのような若い者が君達のような年上の者を使ってすまないが軍隊の世界だからこらえてくれ」と時々いっていた。

このような結果になったのは戦争の状況が段々悪くなり、戦線が広がり交代要員の不足していたのも大きな原因の一つである。私たちのあとに来たのが余杭補充だが、これは小人数で我々は相変わらず初年兵であった。このあと十七年の現役が入隊してはじめて古兵ということになった。

私達と一緒に入隊した者全部が、こんなに長い初年兵生活をしたわけではない。私の一等兵の期間が長かったということである。別の言葉でいえば、軍隊という世界での処世術に、いささか欠けていたということである。

たとえば班長に食事を持ってゆくことは、初年兵の間では競争のようになっていた。上官に早く自分の存在を認めてもらうためのジェスチャーである。このようなことには、実に積極的な人物が班には何人かいる。私なども時には持ってゆかねばと常々思ってはいた。一度も来たことがないとなると、誰しも余りよい感じはしないことぐらいわかっていた。私が持って行きかけると、要領のよいのがいて、俺が持って行ってやろうと、さっと取ってゆくような気転のきき方である。

戦地に行って警備につくと宣撫工作がつきものであるが、討伐行動などに出ると、中国の村落から色々なものを失敬して帰る場合がある。これを上手にやるのが軽便な兵隊として、一般的に上官にもてたものである。私も作戦行動中は食糧の補給はやらないと、こちらがかつえるので仕方なくやったが、警備についてからの略奪行為は余り好きではなかった。このようなことは平素の動作がにぶく見え、いわゆる軽便でなく、要領の悪い兵隊で幹部の目には余りよく映らなかったものと思う。

私にはこのような面があったので、二中隊時代は「冷めし喰い」の方であった。私が五中隊の転属要員になった一因には、このような面もあったのかもしれないと思っていたが、のちに人事の准尉さんの話では、無差別に抽出して要員を決めたもので、決してそんな偏見で決めることはないとのお話であった。

一等兵から上等兵になる時は誰が順位を決定するのかよく知らなかったが、人事係と小隊長には大きな権限があるように思えた。ところが私の経験からすると、下士官の班長から今度は進級だぞ、と何度かいわれたが、いざ発表となると何時も名前がない。その次の時も同じようなことを繰り返した。

私の進級がおくれた理由には、次のようなことも原因になっていると思う。日本軍が駐留してかなり長期にわたり、その地方を統治するが、その占領政策が全く画一的で、その運営面において、これでよいのかと思われることが非常に多かった。でも軍隊では、このようなことを上官に向かって意見具申するということは出来ない。私くらいの年齢になると、中隊長くらいになっているのが沢山いる。私の隊の中隊幹部にも、警備地区の治安行政の面などで参考意見を出して、採用でもしてもらえればと思い敢行することにした。

確かに日本の今召集されている兵隊の中には、あらゆる部門において高度な教育と深い社会経験を積んだ人が、一兵卒として入隊している。占領地区での治安行政などの場合、このような人達の経験と知識を充分生かして役立たせることが必要ではないだろうか。私の懇意にしていたある中隊長に、「君は隊長として命令を下せば部下は意の如く動くかもしれないが、」作戦以外のことについては人の英知をできるだけ汲みとって、占領政策の助けとすることが必要ではないか」と進言した。兵隊の経歴を調べてみればすぐわかることだから、このような人達の経験を占領行政の面でも生かすことは、名隊長としての真価を発揮することになるのではないか、という意味のことをこの一等兵が中隊長宛に書いたのだから、人事係あたりの検閲でチェックされたようである。

事実、宣撫地区などで明らかに不必要と思われるような討伐があったりで、もう少し何とかできないものかと思うことも度々あった。そこでつい反動的にこのような文面になったのだが、検閲に際し、成程このような兵隊の利用の仕方もあると、あるいは考えてもらえるかと思って充分意識的に書いたのだが、裏目に出てチェック人物になったことは間違いないと思われる。

私の態度は下部にはよいが、上官にはなじめない性分であったようだ。要は軍隊という社会に向かない面があるのはよくわかって、進級など全く気にしていなかったが、笹川班長は大変気にしていられたようで、内地に帰還してから手紙が来て、君を進級もさせずに帰したのが心残りでならないと書いてあった。

笹川班長は実に磊落《らいらく》な方で手紙を書くことは好きではない人であった。一緒にいる時は一口もこのような話はなく愉快な人だったが、この人にして一面このような心づかいをしておられたかと驚きもし、また感激もした。このことが、私が復員してから一度会いたいと二十年も消息を探しつづけた遠因にもなっている。履歴にもあるように、五中隊に転属してからは普通の進級をしてきた。

さて、余杭警備についてからは、上等兵の時、初年兵教育に関係するようになり、十七年現役を迎え初年兵教育小銃班の助教を命ぜられた。

私の軍歴は次の通りである。
昭和十五年八月一日　入隊
昭和十五年九月十五日　陸軍二等兵
昭和十六年二月一日　陸軍一等兵
昭和十七年十一月一日　陸軍上等兵
昭和十八年五月一日　陸軍兵長
昭和十九年三月一日　陸軍伍長
昭和二十年三月一日　陸軍軍曹

2

〔富陽警備〕

余杭警備についていた第五中隊は第四中隊に警備を申し送り、富陽警備の第三中隊と警備交代をして、富陽に交代することになった我々初年兵教育班は、本隊におくれ富陽に追及した。

私は富陽に到着して、陣地の大きなのに先ず驚いた。我々の部隊が警備につくまでは、かなりの兵力がいたのではないかと思われ、トーチカが六つくらい川に沿って配置されていたように記憶する。私は到着すると、その日の中に陣地を見て廻った。その時は、この陣地がどの程度の規模のものかと軽い気持であった。

その時ふと、これだけ広い陣地をまだ一期の検閲も終わらない初年兵教育班で守るのは大変なことのように思った。事実、古い兵隊は裏山等の分哨に出ており、麓の兵舎には殆ど初年兵の教育隊だけであった。もし敵襲でもあると、一寸危険な箇所があるが、この辺は平和で治安がよいところだろうと思いながら一巡したことを記憶している。

陣地の前面には五〇メートルくらいの川が流れており、この川岸にトーチカが構築してあった。

この川には一箇所だけ橋があり、鉄条網がめぐらされて歩哨が立っていた。我々の陣地に通ずるもう一つの橋があった。この橋は鉄筋の橋桁は残っているが、橋板は全部落とされており、中間に鉄条網がしてあった。歩哨は立っていなかった。私は直感的にここが一番危いと思った。もし夜間隠密裡にここを渡られたら、恐らく我々の兵舎は全滅するだろうと思った。

それから三日程過ぎた夜九時頃、営庭にドカンという爆発音があった。すわ敵襲と思い飛び起きて軍装を整えながら、頭に浮かんだのは前記の橋のことである。教育中の初年兵で軽機関銃浅田（現橋本）、弾薬手岡本、小銃手吉村、田村の四名をひきつれ、軽機、弾梱（弾の入った箱）、それに小銃を私、吉村、田村が持って橋のたもとのトーチカに飛び込んだ。

この日はほんとに真暗な夜で、初めてのトーチカではあり、全く方向がわからない。敵は前面にチェッコ（機関銃）を二銃くらい据えて、間断なく撃ってくる。そのうちドカンドカンという爆発音がトーチカのすぐ近くでした。私はこれはいかん、敵が橋を渡ろうとしていると直感したが、トーチカの中からでは橋の方向が確認できないので、トーチカを飛び出して橋の袂まで匍匐《ほふく》前進で出た。

その時、軽機もトーチカから出してトーチカを盾に、橋の方向に向けて据えさせた。多少目が闇に馴れ、橋を確認出来るようになった。小銃手には体を銃眼にさらさないように指示した。余り弾丸が来るので、銃眼から弾丸が入るのではないかと心配されたからである。それほど敵ははげしく射撃をつづけた。

小銃手には、敵がもし橋を渡るようだったら命令するから、着剣して俺のところまで出て来い。

橋は小人数しか渡れない。ここで橋を渡るのを突き落とすといって前に出たが、この時、硝煙の臭いがして、ちょうど金華の入城戦で負傷した時と同じ臭いでいやな気がした。ひょっとすると、ここでお陀仏になるのではないかというような気がした。

橋の袂まで出て、敵の様子をみると、中程にあった鉄条網を切る音がバリンバリンとする。これはいよいよ敵が橋を渡るのだと思い、闇に馴れた目でその位置をめがけて、私の小銃で一発撃った。確かに手ごたえがあり、ウーンというような声を聞いた。それから鉄条網を切る音はしなくなった。

軽機の射手には、私が撃てというまでは絶対に発射しないように、撃つ時は三発点射（一度に三発程弾丸を出す）だと怒鳴った。浅田君というのは大した初年兵だった。まだ中間検閲が終わったばかりで、一期の検閲も終わっていないのに撃てといえば、確実に三発点射をする。余程引金を正確に引かないと弾丸が出すぎる。実弾射撃もまだいくらもやっていないのに、よくこれだけやれるものだと内心驚いた。

岡本君は演習時におそわったように、弾受けに薬莢をきちんと受けている。この姿は演習を地でゆくようなもので、いちかばちかの戦闘の姿ではない。今までの訓練を、この非常の時にも忠実に守っている。十七年の現役兵というのは素晴らしい初年兵だと思った。

私が三発点射と命じたのは、弾丸を節約するためである。一弾梱には一二〇発しか弾丸が入っていない。撃つ気になればすぐなくなる。敵が橋を渡り出すまでは、一発の弾丸も無駄にしたくなかった。私は兵舎を飛び出す時、一二〇発の弾丸を持って出たが、初年兵の者は恐らく六〇発だったと思う。

何とかして弾丸の補給をさせようと考えたが、このトーチカから中隊本部までは全く遮蔽物のない一本道である。弾薬手岡本君に弾丸の補充をさせようと考えたが、この一本道しか通れないということは、岡本君に死ねというようなものである。これだけ大切な橋に、なぜ本部から救援が来ないかと、腹の中は煮えくりかえる程であった。

私は自分の弾丸を六〇発軽機に渡した。もし敵を渡らせたら中隊は全滅である。これを防ぐには軽機しかない。橋は一度に多くは渡れない。弾丸さえあれば、何とか防げると必死であった。

このようなことになるのなら、もう少し弾丸を持って来るべきであったが、私の頭の中は、あの橋を渡られたら大変だというのが一心で、あとは救援が来てくれるものという考えがあった。で、現地へ急ぐことしか考えなかったのが、このような結果になった。

そうこうしているうちに、兵舎の裏山の我が中隊陣地より重機関銃が、我々の前面の敵に向かって、曳光弾を撃ち込みながら援護射撃をはじめた。こちらはお尻の方から弾丸が来るので大変である。軽機を死角に入れ、私はそのままの位置にいても、トーチカが死角をつくってくれているので大丈夫である。

川向こうの敵に着実に曳光弾が届いている。実にたのもしかった。これで弾丸が助かると安心した。やがてトーチカの方で人声がするので振り返ってみると、宮本曹長が通訳を一人連れて来ている。宮本曹長は四国香川県坂出市出身で、多少訛《なま》りのある言葉で「藤井まだ生きていたのか」これが最初の言葉である。

この危険な場所を今まで守らせて、一名の増援もよこさぬとは何事かと喰ってかかったら、本部では藤井達は生きていないだろうという話になっていたそうだ。増援をやろうにも、あれだけまともに弾丸が来ては、遮蔽物はないし気になるが、どうしようもなかったといって、笑って「まア、生きていてよかった、そげん怒るな」と、にやにやしている。

しかし、よく今頃ここまで来てくれたとほんとうにありがたかった。まだ、どれだけつづくかわからない戦闘に、歴戦の上官が一人でも側にいてくれるということは、ほんとうに心強いものである。そのうち通訳が敵は退却するという。川向こうの敵の退却命令が聞こえたのであろう。

やがて夜空に赤の吊星が二つあがった。これを合図にチェッコの音もやみ、対岸がざわざわしだした。敵は退却をはじめたらしい。時に四時三十分であった。

前夜の九時頃からこの時間まで、七時間余りを橋の袂で頑張ったことになるが、今までの人生で、これ程夜明けが待ち遠しいと思ったことはなかった。人間というものはこのような立場に立たされると、死とか恐怖とかより、何としても生命を賭しても中隊を守るということ以外は何も考えないようになるものであるらしい。

昨日の現場を調べてみると橋の中程、鉄条網が半分切断され。多量の血が流れていたが死体はなかった。トーチカの袂に手榴弾が五発落ちており、一発は不発であった。私がトーチカに到着した時、ドカンドカンと音のしたことは前に触れたが、この手榴弾の爆発音であった。私はもしもう少し早く橋の袂まで出ていたら、恐らくこの手榴弾の直撃を受けてあの世に行っていただろう。

弾丸の音が特別はげしかったのは、トーチカの屋根がトタンで葺《ふ》いてあったので、これに敵弾の直撃を受けたため、屋根は蜂の巣のようになっていた。川向こうの草はなぎ倒されたようになっており、相当な兵力が来ていたことを示していた。私は橋に立ってこの状況を見ながら、よくも四名の初年兵で七時間もの間持ちこたえたと不思議な気持であった。

それにしても、敵は迫撃砲など予告するように撃ち込んで来たのだろうか。敵が夜間を利用して橋にかける板を用意して来たら、恐らく突破され、中隊は全滅していたであろう。十七年の現役兵は実戦の教育を受けたことになり、素晴らしい体験だったと思う。

トーチカの中にいた小銃手に、あとで初めての戦争体験はどうだったかとたずねたら、橋の袂で銃剣の白兵戦といわれた時は足がふるえたと述懐していた。この時の十七年の現役の皆さんは皆健在である。

先程ちょっと触れたが、ここで私の初体験である初年兵教育にふれてみたい。

永い間待望していた補充兵の十七年現役が、我が部隊にも到着した。私はこの現役兵の教育係助教を命ぜられた。この時の小銃班の教育班長は緒方烈伍長で、山口県吉敷郡秋穂町の出身で、初年兵教育には打ってつけの人物であった。

この教育中には色々な思い出がある。十七年現役の中間検閲は五月半頃だったと思う。いよいよ検閲が私達の中隊の番となり、初年兵にかける号令を少し間違えて具合の悪いことがあったが、その時間髪を入れず馬鹿者と一喝を喰らい、そのタイミングがよく、すぐ号令をかけかえて事なきを得て、大変助かったことを今でも覚えている。緒方班長は今も健在で郷土のため活躍しておられる。

緒方班長の思い出には、必ずこの検閲時の冷汗ものが出てくる。十七年の現役は私達上海補充の兵隊に比べるとはるかに若い。訓練中は朝の間稽古によく駆け足をやったものである。

このようなことは初年兵助教のやる仕事で、毎朝引率して走ったものである。ある朝、間稽古中に一人の初年兵が「上等兵殿、齢をとると走るのがきついでしょう」というので、ちょっと気合をかけるつもりでスピードを上げて走ったところ、後の方でお前がいらんことをいうから班長がスピードを上げたと口論するのが聞こえてくる。その頃三十歳を過ぎていたと思うが、若い人達の集団の中で生活していると、気分的、体力的にも年というものを全く考えなくてすんだ。

十七年現役の教育係班長は、小銃班＝緒方伍長、機関銃＝福原伍長、擲弾筒＝梶原伍長——だったと思う。

夢で会った次兄

1

藤井上等兵が杭州地区にいたころ、ここには和平軍というのがいた。これは、中国軍が日本軍に帰順した者である。

この和平軍とは時々トラブルが起こった。余杭地区でも和平第一師三団の兵が余杭の日本軍兵力が少ないのを侮《あなど》って、反抗的態度を示すようになった。和平軍の陣地が奪取されたことがあり、在杭州の主力部隊が出動し、陣地付近を包囲したが、敵を捕えられなかった。

また、杭県警察大隊と第二中隊との交戦もあり、この時、二中隊川之上中隊は敵大隊長梅栄堂を捕虜にする戦果があった。ある時は和平軍の行動がおかしいというので、日本軍の指揮官の閲兵ということにして、営庭に集め秘密裡に包囲し、武装解除をしたこともあった。

先程の和平第一師の一部隊の叛乱に際し、日本軍と和平軍が共同で討伐を実施したことがある。この時、和平軍の師団長は大兵の男であったが、作戦指揮を籠《かご》に乗って取っているのに日本兵は驚いた。また作戦命令も紙に毛筆で書いていた。さすがに文字の国である。当時、日本軍の場合は馬を利用していた。この和平軍の参謀には、日本の士官学校を出た青年将校が三人位いて、日本語もよく話せた。藤井上等兵もこの討伐に参加している。歩き廻ったが、敵は地形にくわしいし、逃げ足も早くて、遂に捕捉もできなかった。

藤井上等兵は、杭州地区警備中に、二度、初年兵教育にたずさわっているが、この時期の体験を、次の如く手記している。

——初年兵教育の第一回は、十七年の現役の小銃班の助教として、第二回目は杭州補充小銃班の班長としてである。当時、十七年の現役が一番若い兵隊であり、杭州補充が一番齢を取った兵隊で、その次が上海補充の我々であった。杭州補充・上海補充は殆んどの者が妻帯者で、私の中隊でもこのクラスでの独身者は、私と藤野勝久班長くらいではなかったかと思う。

同じ初年兵教育といっても、これだけ年齢に開きがあると、接し方も色々考えさせられるものがあった。訓練中は演習中に必ず体操をやるのだが、杭州補充の場合「気を付け」をしても、指先がピンと伸びている兵隊は殆んどいない。これは伸ばせという方が無理である。内地での永い生活の中で、農業などに従事している人は、労働で指が自然に曲がってしまっている。

一度こんな失敗もあった。教育をはじめて間もなく体操をしていると、殆んどの兵隊の指が伸びていない。いかにもだらしのない恰好なので、しっかり指を伸ばせと叱ったところ、

「班長、我々の指を伸ばせといってもそれは無理です」という。この時は年齢差による配慮を欠いていたと、反省させられたことがある。

杭州補充は齢はとっていたが、これまでの労働で鍛えた連中が多く、私の郷里秋吉の出身に赤川誠吾君がいた。体力テストに「土のう」をかついでトラックを一周するのに何分かかるかをテストするのがあったが、赤川君は抜群に速かった。彼は「土のう」を走りながら肩に上げて走る、普通の体力ではこんな芸当はできない。年の若い十七年の現役でも出来なかったと思う。

私の班に、清水君という杭州補充の兵隊がいた。この人は昔、船に乗っていて事故で船倉に落ちたとかで記憶喪失になっており、昔のことは殆んど思い出せないようであった。従ってものを覚えるということは大変苦手である。ところが軍隊というところは軍人勅諭とか、歩哨の守則とか、部隊幹部の名前とか仲々覚えることが多い。しかし清水君にこれを覚えろ、というのは無理である。そこで時間はいくらかかってもよいから、歩哨の守則だけ暗誦するようにと努力させた。そして同年兵の牛尾君、岡崎君は高等教育も受けていたので、二人を戦友として清水君の面倒をみてもらうことにした。

二人の戦友はよく清水君をかばい、何のトラブルもなく訓練ができた。清水君はほんとうに気のよい真面目な人物で、このようなハンデキャップをよく克服して訓練に耐えた。ところが私は、昭和十九年に初年兵受領のため内地帰還を命ぜられ、かなり長期間原隊を空けることになった。受領業務を終わり、原隊に復帰してみると清水君は転属になっており、私の中隊にはいなかった。

前記の清水君の戦友の牛尾君が「班長が内地へなど帰るから清水君が転属させられた。清水君には彼をよく知る上官と戦友が必要である。こんな真面目な人は、さもないと大変苦労する。遂には戦死に追い込まれないともかぎらない。清水君をよく知っている班長が中隊を空けるから、こんな可哀想なことになった」と随分責められた。

いわれてみれば全くその通りで、私が中隊にいたら強硬に意見具申をしたことと思う。他部隊に行って清水君の生い立ちや、後遺症・性質など、すぐ理解してもらうことは困難である。私は初年兵教育をしていたため、清水君という人物を充分知り得たが、転属して間もない部隊では一般の兵隊と同じように扱われ、無理を強いられることになり、人一倍苦労する結果になったのではなかろうかと思う。

復員してから戦友の知らせによれば、転属した部隊で戦死したとのことであった。原隊に帰った時の牛尾君の言葉が思い出されて気の毒でならない。

杭州地区警備は特に大きな作戦もなく、地区警備が主体で、討伐とか特殊の遭遇戦をのぞけば、割合平和な地区であった。従って色々な思い出がある。

〈藤井信氏の手記「わが兵隊の記」は、このあとしばらく、自身の、さまざまな思い出のことが、叙述されている。達文の人なので、必要な解説のほかは、本人の記述の引用に頼るに越したことはない。因みに、この思い出の記のつづいている間は、本人は上等兵で、記述が

〝宋殿地区警備〟の項になると、陸軍兵長に進級している〉

2

〔次兄の夢〕

余杭警備中のことだったと思うが、楊家畔という分哨勤務についたことがある。この時の分哨長は三輪伍長であった。他に三部伍長と私がいたが、三輪伍長が先任の下士官だったので分哨長であった。この当時、六大学野球の明治大学の投手に三輪君というのがいたが、この人の弟さんであった。三輪伍長は一週間に一度くらいしか排便をしない変わった体質の人であった。

三輪伍長、三部伍長は、他部隊より私の中隊に来て間もないので、昔からいる兵隊はどうしてもなじめない。その点、私は最初からこの部隊にいるので、どうしても私の方が凡《すべ》てのことが話し易い。従って重点が私の方にかかるが、軍隊ではこれでは困るので、せめて将校クラスの分哨長を派遣するよう何度も中隊に頼んだ。が、中隊本部でも人の都合がつかないようで、仲々実現しなかった。

そのうち満期前の曹長さんが分哨長として着任したが、満期のことが気になって統制は取れなかった。この曹長さんもちょっといただけで替わって行った。この分哨は本部より遠く離れており一ヶ小隊くらいの人員を必要としたので、小隊長クラスの分哨長を必要とした。

この分哨にいる時、私は前記の三輪伍長と一つの部屋に寝ていた。確か朝四時頃だったと思うが、夢の中に白装束の人が三〇人、四〇人いる。そこに黒塗りの自動車が到着し、運転手の軍人が降りて客席のドアーを開けた。軍服の将校らしい人が下車した。何事だろうと思って見ていると、降りて来たのはニューギニアの戦線にいる筈の私の次兄に当たる鎮夫である。何故こんなところにいるのかと思い、呼びとめたところ、私の方を振り返り、「おお信《まこと》か、永いこと世話になったのう……」といって消えた。

私はその時目がさめて、思わず「やられた」と声を出した。隣に寝ていた三輪伍長が敵襲かといって飛び起きて、もう銃を取っている。敵襲ではない、俺の兄が戦死したらしいというと、どうしてそれがわかるかというので、先程の夢の話をしたら、うーん、それなら戦死だなあ……といった。

この兄には三人の子供がおり、兄には心残りだったことと思う。その当時、私にはこの子供達をどのようにして、出征しているか全くわからなかった。終戦後復員してわかったことだが、兄は出征に際し郷里山口県美祢郡秋吉村の生家に、家族を疎開させていた。私は復員後の苦難の生活の中に、この兄の子供達はまだ小学校に通っていた。

この遺児達は、何としても成人させねばと、私が昔いた大阪での生活をあきらめて、郷里にとどまった理由の一つにもなった。

この頃私の家には高齢の父母、なくなった長兄（医師）の次女、戦死した次兄の家族四名、計七名がいた。そこに私が復員した。前記のように私の家は昭和十四年に類焼したが、その頃家には両親しかおらず、とりあえず二部屋程度の台所がわりの家を建て、状況をみて家のことは考えることにしていたようだった。

が、戦況は段々悪く、新築するにも釘さえ手に入らない時代になっていたようで、そのままになっていた。そのままになっていたところに、八名もの者が生活せねばならなくなった。当時この二部屋と類焼をまぬがれた離れの一軒で、何とか生活することになったのである。

〈楊家畔分哨に勤務中、藤井班長がニューギニアで転戦中の次兄と、夢の中で会うことになった劇的な事情、さらに藤井氏が次兄の三名の子を養育する感銘深い経緯についても「わが兵隊の記」にしっかりと記述されている。

この次兄との夢で会った軍事的ないきさつについては、幸い、槍兵団史を執筆された秋山博氏が、重要な参考資料を発見されているので、この資料を引用させてもらいつつ、戦場での、幽明境を異にしつつも、肉親同士の魂のめぐり会いの神秘的な事情を、解明しておきたい〉

＊

謹啓　厳寒の砌《みぎり》、御遺族の皆様には御障《さわ》りもなく御過ごしの御事と存じます。

さて、私事、高級副官藤井中佐（藤井信氏明四四年生、実兄鎮夫氏明三五年生）殿の次級副官として御生前、永年に亘り公私共に多大の御指導を賜り、中佐殿の壮烈なる御戦死際まで行動を共にし、今般、武運にも恵まれず死に所を得ずして帰還せる者で御座います。

御戦死の模様は、早々に御遺族の皆様にお知らせいたしたく存じて居りましたが、御承知の如く通信連絡不能の状態にして今日まで延引いたしましたことを御承知下さいますと共に深くお詫び申し上げます。

是非共御遺族の皆様に拝眉の上お話し申し上げたく存じますが、目下残務整理を担当いたしまして龍山出発以来の死没者二万数千に及ぶ通信事務を実施いたして居ります関係上、取敢えず書面をもちまして当時の御様子をお知らせいたします。

昭和十八年十月上旬より同年十二月下旬迄「フィンシュハーヘン」付近に於きまして激戦をし敵に多大の損害を与えましたが、敵は続々として兵力を増強、我が後方各地に上陸を開始いたしましたため、師団は軍命により「ウエワク」方面に転進を命ぜられ、主力は陸路を、師団司令部は師団長以下三隻の上陸用舟艇に分乗、昭和十九年四月二十八日午後十時過ぎ「テレブ」岬沖合（ウエワク迄約一時間行程）約三粁の海上に於いて敵の魚雷艇と遭遇いたしまして之と交戦しましたが遂に三隻中二隻撃沈され、師団長閣下以下乗艇将兵の大半は南海海上に壮烈なる戦死を遂げられたる次第であります。

〈一番艇乗員〉沈没

師団長　片桐茂中将（陸大36・第二十師団長）

参謀長　小野武雄大佐

藤井鎮夫高級副官（陸士36・中佐）

中尾専任軍医少佐　その他六〇名

〈二番艇乗員〉沈没
　小野参謀　平井次級副官　他六〇名
〈三番艇乗員〉
　高田（佐寿郎・陸大卒）少佐以下六〇名
——右の如き状況にして師団長以下、司令部の高級幹部は殆ど全員壮烈なる戦死を遂げられました。
　以下、藤井中佐殿の当時の模様について申しあげます。
　交戦瞬時にして一番艇に敵砲弾が命中いたし舟艇は沈没、師団長、小野参謀長以下多数壮烈なる戦死、藤井中佐殿は下腿部に砲弾破片による骨折の重傷を受けられましたが、当時の当番兵林兵長は右上膊部骨折の重傷をも顧みず、高級副官殿を右腕にて救けておりました。
　高級副官殿は重傷のため最後を覚悟され、「俺は重傷だ、林兵長お前は泳ぎもできる、俺を放して陸地に泳ぎついてくれ……」と再三林兵長に申されましたが、林兵長は最後迄お供をいたしますと、高級副官殿を放しません。その時、遂に「俺の最後の命令だ、聞いてくれ、そして俺を放して北の方向（北方は祖国日本の方向に当たります）に向けてくれ」と厳粛に命令を下され、林兵長は止むを得ず遂に高級副官殿の体を放ち北方に向けました。
　藤井中佐殿は、北方に向かれると共に「明二十九日は天長の佳節にあたり、大元帥陛下の万歳を寿《ことほ》ぎ奉る」と大声で叫ばれ次いで君が代を奉唱されつつ、従容《しょうよう》として南海に身を投ぜられ、武人の本懐として実に立派な最後を遂げられました。

林兵長は、幸い陸地に泳ぎ着きましたので野戦病院に入院加療いたしましたが、何分にも重傷のため出血の多量が原因か遂に恢復せず、六月一日病院に於いて戦病死いたしました。惜しい人物でございました。平素から実によく出来た兵で、高級副官殿御在世中も吾々の感心する程よく働いておりました。上膊部骨折の重傷をも顧みず身命を賭して最後迄高級副官殿を護り、また、最後をもお供せんとした行為、戦場美談として吾々は感涙いたしました。

以上、高級副官殿の最後の概要を述べて参りましたが、文筆意の如くならず、申し上げんとする万一に過ぎませんが、いずれ機会を得まして墓参もいたしたく、御遺族の皆様にも是非御拝眉の上、詳細お話し申し上げたく存じておりますれば、不行届きの点、御容赦下さいます様お願い申し上げます。

洵《まこと》に乱筆にて恐縮致しました。皆様には寒さの折、御自愛下さいますと共に将来の御多幸ならんことを御仏に御祈願申し上げて居ります。

昭和二十一年二月十九日

第二十師団副官

陸軍大尉　平井和雄

藤井信晴殿

〈右の軍事上の弔問記事によると、藤井家の鎮夫氏の戦死は、昭和十九年四月二十八日午後十一時頃と推定される。この時刻に、藤井伍長は、次兄を夢にみ、その戦死を知ったのである。藤井伍長は三月に槍部隊から善部隊（独立歩兵第十二旅団）へ転属している。藤井軍曹の〝手記〟に善部隊の名が出てくるのは、昭和十九年になってからである。

藤井家に戦後届いた弔問の書信を、ここにもう一通引用しておきたい。これは当時師団参謀で〈三番艇〉に乗船し、奇しくも沈没を免かれた高田佐寿郎少佐（終戦時）からのものである。藤井軍曹の手記「わが兵隊の記」に貴重な一ページが加えられることになる。

＊

拝復

二月二十一日差出の御芳書本三月四日受領仕り候。

故藤井鎮夫大佐殿の戦死に関しましては御家族様一同の御心情深く御推察申し上ぐる次第に御座候。昭和十九年四月二十八日夜「テレブ」沖に於ける戦死の状況に関しては当時故大佐殿の直接の部下たりし平井大尉より過日御通知申し上げたる次第に御座候。

当時小官も三番艇に在り、暗夜の海上に於て敵魚雷艇の曳光弾、照明燈の中に一番艇及二番艇が交戦後沈没せるを見、誠に残念至極に候。三番艇も交戦後、忽ちにして艇頭の速射砲、艦尾の機関銃共に敵弾の為破壊せられ、遺憾ながら前艇を援助し得ざる状態となり、敵の追射を受けつつ辛うじて陸岸に達着せる次第に候。

故大佐殿は沈没せる舟艇より泳ぎ出でられしも負傷の為、陸岸までの泳行不可能と自覚せられ、海上に於て遙かに宮城を拝し聖寿の萬歳を祈りつつ従容として昇天せられたるものにして、その最後の御立派なる態度に関しては誠に敬服致し居り候、之皆平常より真の軍人としての修養の賜と思い居り候。

朝鮮出征に際しては、歩兵第七十八聯隊大隊長として、之又最も優秀なる大隊を練成せられ、次で特に選ばれて師団高級副官となり、司令部に来られ、私共も公私共多大の御指導に預り感謝致し居り候。

困難なる事に自ら進んで当り、非境の時に於ても悠々常に温顔以て事務を処理せらる、而して過去の豊富なる経験と優秀なる才能には全く一同感服致し居りたる次第に御座候。戦陣多忙の中に於ても夕食後時々尺八の名調を「ジャングル」に響かせ、私共も傾聴致したることもあり今にして思えば当時の種々の状況髣髴《ほうふつ》たるものありて感慨無量にて候。時勢既に今日となり御家族様の御日常もさだめし御不自由と存じ、御苦労の程、遙かに御推察申し上げ候。

漸く春暖の候にならんとするも、寒暖不定に候えば、御尊父様御高齢の身、何卒《なにとぞ》御大事になされます様お願い申し上げ候。

以上簡単ながら御返事申し述べ候。敬具。

昭和二十一年三月四日　　　　　　　　高田佐寿郎拝

藤井信晴様　侍史

〈ここで、藤井高級副官の戦死にかかわった第二十師団の、ニューギニアにおける行動について、少々触れておきたい。

第二十師団は、朝鮮を出発して、昭和十九年一月に、東部ニューギニアのウエクワに上陸、ラエ・サラモアへ向かい行動中、連合軍がフィンシュハーヘンに上陸、交戦のあと、軍命でウエワクに転進中、師団司令部の舟艇三隻が、敵艦の攻撃を受け、二隻が沈没したものである。

公刊戦史によると、ニューギニア地区での日本軍の戦没者は、実に一二七六〇〇人に及んでいる。

戦後、ニューギニア、ウエワクに「ウエワク慰霊平和公園」が、日本国政府、東部ニューギニア戦友会、日本・パプアニューギニア友好協会によって建てられている。総面積五〇〇〇平方メートル、礼拝堂の慰霊碑には、つぎの如く刻んである。

慰霊碑（日本語）

さきの大戦においてニューギニア地区及びその周辺海域で戦歿した人々をしのび平和への思いをこめてこの碑を建立する。

この公園は昭和五十六年九月十日に建てられている〉

思い出の数々

1

〈藤井班長が、夢の中で会った次兄、第二十師団高級副官藤井鎮夫中佐の戦死のいきさつについては、かなり委曲をつくして説明させてもらったが、死生の境を辿る立場の人々の運命には、常人にはない、神秘的なできごとも生じるものである。

藤井軍曹の体験の中でも、亡兄との夢でのめぐり合いはかなり重大な出来事ではあったが、藤井軍曹の手記「わが兵隊の記」におけるさまざまな変化に富む軍中の記録は、なおつづいてゆく。以下「思い出の記」につづく藤井班長の述懐を綴っていきたい。「思い出」の一が、楊家畔分哨時の、次兄との夢のめぐり会いである〉

〔思い出の二・酒乱の兵隊〕

野戦生活は明日の命もわからない生活である。酒の飲める連中は、酒は結構たのしみの一つである。酒も生活の潤《うるお》いとして飲む間はよいが、酒に飲まれる連中も多く、戦地でもこの連中の始末には随分《ずいぶん》苦労したものである。

　楊家畔の分哨に〇〇一等兵がいた。この人は宇部の炭礦にいたと自分ではいっていたが、確かなことはわからない。酒が過ぎると酒乱が出る。体には背中一面に大変な入れ墨をしていた。

　ある小雨の降る日であった。このように本部を離れた分哨勤務というのは割合のんびりしていた面があり、班内で酒をちびちびやったものと思う。一人の兵隊が、藤井班長〇〇が三輪伍長と三部班長を撃ち殺してやると、銃を持って追いかけている、と知らせて来た。ほんとうに上官に対してこのような事故を起こすと大変なことになるので、すっとんで行った。ところが、かなり昂奮している様子で、藤井班長でも容赦せんぞ……と大変な剣幕である。とても話のできる状態ではない。

　これは普通の対応をしても話にならないと思ったので、自分の部屋に帰り軍装を整えて、私の銃を持って彼のところへ再び行き、目の前で銃に弾丸を込め、お前はさき程おれを撃つといったが、この銃を渡すから撃ってみろ。三輪班長や三部班長は転属して当中隊に来て間がない。君達は俺が初年兵の時から連れている。三輪班長や三部班長に銃を向けるのなら俺を撃ち殺してからやれ、といって私の銃を渡そうとしたら、彼は今まで酒に酔って支離滅裂なことをいっていたのに、急に手をついて、藤井班長、私は酔ってはおりません。酔ったふりをしているという。私が悪かったから許してくれという。

野戦という敵前では、軍隊では軍規を守らねば、集団生活は出来ない。如何なる理由があっても、酒の上の事故は理由にはならないことをよくいい聞かせてその場は治め、三輪、三部班長にも私からお詫びして許してもらった。この件以来、私のいうことはよく聞くようになったが、酒乱がなくなったわけではなかった。

〔思い出の三・糧秣受領〕

分哨につくと、糧秣受領等で時々、部隊本部に連絡に行かねばならない。普通、本部は一寸した華民街に置いてある。久し振りに外出して酒や食事をする兵隊も多い。また軍隊ではこれが楽しみでもある。

楊家畔分哨の糧秣受領と事務連絡をかねて、三部班長と私が分哨の兵十数名で本部に連絡に行った。用事を終えて、出発時間までは自由時間で思い思いに過ごし、午後三時頃の出発時間が来て出発準備にかかった。が、この連絡分隊の指揮者である三部班長が、酒を呑みすぎて前後不覚の状態で、このままではとても衛兵所を通ることができない。皆心配して、どうしたものかと困り切って私のところに来た。

私は毛布と手ぬぐい、ロープを用意しろと命じ、酔ってブツブツいっている班長に、猿ぐつわをして声が立てられないようにし、手足は荷車にしばりつけて毛布にくるんで、その上に軽い荷物を置いて、衛兵所の前を私が引率し、「歩調とれ」の号令と共に整然と隊列を組んで、何事もなく衛兵所を通過した。

部隊本部からやや離れたところで、可哀想なので猿ぐつわだけは除かせた。今度は口がけるので縄を解け、といって側の兵隊に怒鳴るので、初年兵は困って、班長解いて下さいという。

いやいけない。当分そのままにしておけ、というと、分哨に帰ってから私達が叱られるから解いてやってくれという。いや、俺がよいというまでそのままにしておけ、君達にあとで面当てをさせるようなことは絶対にしないから、もう少しこのままにしておいたら酔いも覚めるだろうと、解かせなかった。

やがて、おとなしくなったので、縄を解いて、ここまでのいきさつを説明してやったところ、酔いもさめて、いとも神妙に迷惑をかけたとあやまっていた。軍隊のことゝて衛兵所も歩いて通れないとなると、指揮者ではあるし処罰問題にもなるので、このような非常方法を取った。野戦ならではの思い出である。

三部班長の家は南京で菓子商を営んでおり、現地召集で入隊したようで中国語はペラペラであった。南京に行った時、おいしいお菓子をいただいたことを覚えている。彼のその後の消息はまったくわからない。

楊家畔付近は猪が多いところで、大きな群の移動するのを見たことがある。ある日、一頭の猪が陣地内に迷い込んで、敵ならぬ猪の敵襲で、それというので追いかけたが、運よく逃げてくれて、我々も殺生をせずにすんだ。

〔思い出の四・情報収集〕

この分哨でも密偵を二名程、私が使っていた。夜など銃声がするが、どのような関係の撃ち合いか、私達には情報を取りに出るだけの兵力がないので、密偵にさぐらせるのだが、正確な答えは仲々得られない。ある時○○まで行って情報を取ってくるようにいって、密偵を出し、確実にそこまで行って情報を取ったことになっているが、別の密偵で調べてみると行っていない場合があるので、報告も信用できないことが多かった。

ここでは学校の先生をしていたという青年と親しくなり、砂糖とか塩、石けんのようなものを平素から渡して色々なことを聞いていた。実に情報にくわしく確かな情報が得られる。例えば昨夜パンパンという撃ち合いがあったが、これはどのような関係でかその部隊名・負傷者の数まで知っている。この人は絶対に通訳を中に入れず、私と二人だけの会話を望んだ。人目につかぬところで会うこと希望した。従って夜二人だけで会うことが多かった。

もしこの青年が敵に通じている人物だったら、場合によっては拉致されるかもしれない。危険な賭けではあったが、情報を取るためには数度の接触をした。私は情報関係の仕事もしていたが、中国語が充分話せない。でも、同文の国ということは随分有難いもので、筆談が通じるので本当に助かった。言葉の通じない時は筆談で充分話が通じた。

中国には青幇《チンパン》、紅幇《ホンパン》という秘密結社があると聞かされていた。この結社の人達は、あらゆる階層の中で生活しており、情報の伝達は実に迅速であるとのことであった。例えば鍬の持ち方でも方法があって、情報が次々に伝わるというような話を聞いたこともある。現在でもこの結社は活動しているようである。はたしてこの学校の先生という青年が、この流れを汲む人物であったかどうかわからなかった。が、学校の先生という人がこんなに速く情報を入手出来るというのも少々不思議に思っていたが、今から考えても危険なことをしたものと思っている。

2

〔思い出の五・討伐〕

確か汀四橋警備中のことだったと思う。一個中隊の討伐隊を出すことになったが、各中隊とも警備に多くの人員を取られているので、他中隊に五中隊からも一個小隊くらいが応援することになった。この主力中隊が何中隊だったか今では定かでないが一、三中隊のいずれかだったような気がする。五中隊よりは阿部少尉の引率する一個小隊で、私が小隊の連絡下士官として参加した。

○○中隊に集結して討伐命令を待ったが、夕食も終わり、かなり時間が経過しても何たることもない。そのうち前にふれた○○一等兵に、酒の虫が出て一杯やりたくなったらしく、一本だけやってもよいかと私に頼むので、一寸待てといってこの中隊の週番士官に何時頃の出動になるだろうか、とたずねてみた。

すると、恐らく今夜は出発しないだろうという返事だったので、○○一等兵に一本だけということで少量の酒を許した。そして、軍隊というところは何時状況が変わるかわからないので、決して度を過ごさないように充分注意しておいた。

前歴があるので多少心配はしていたが、前の事故以来一度も問題はなかったし、大丈夫と思っていた。ところが夜半、急に出動命令が出た。私達は仮眠していたが、すぐ軍装にかかっていると、班長殿〇〇一等兵が酒に酔ってわめいている、と報告してきた。飛んで行ってみると、大隊長を撃ち殺してやる、と大声でわめいている。

「馬鹿もの討伐出動だ、巻脚絆を巻け」というが、脚絆も巻けるような状況ではない。とても討伐に参加できるとも思えないので、その中隊の週番士官のところに走って事情を説明し、この兵隊を預かってくれと頼んだ。

すると、わかった、あとのことは心配せず、君は直ぐ行かないと整列に間に合わない。この兵隊も人員に入れて報告しておけ、あとは引き受けた。との声をあとに、営庭の集合場所に急行した。

各小隊とも人員の報告をやっているところで、私も阿部小隊長に小隊の人員を報告するのにやっと間に合った。汗びっしょりになった。この討伐にはトーチカ攻撃があったり、危険な夜間分哨勤務があったり、敵から離脱に際し日射病患者が出たり、色々の思い出がある。

中隊が討伐前進中、敵のトーチカに遭遇した。ここからチェッコ機関銃を撃つので、仲々前進が出来なくなった。どうしても攻略せねばならない。こんな時歩兵砲でもあれば、大変攻撃が楽であるが、今回の討伐にはそのような装備はない。

そうなると手榴弾攻撃くらいしか方法がない。これをやれば我が方にも犠牲者が出る。何れかの分隊がやらねばならない。

私の小隊は他中隊からの配属なので、恐らく主力中隊の分隊がこれに当たるだろうと思ったが、もし当小隊に命令を受けたとなると、肉弾攻撃となるが、しかし負傷者は出したくない。任務は遂行せねばならないので、色々考えさせられた。

結局、主力中隊の二個分隊程度が手榴弾攻撃でトーチカを占領したが、かなりの負傷者が出た。確か六名程だったと思う。負傷者後送の担架隊が編成され退《さ》げたが、地下足袋着用の夜間行動等があり、後送隊は足裏に大きな豆を作って苦労したようである。

軍隊での豆の治療は、普通ヨードチンキを針のついた糸にたっぷり浸し、針で豆の中を通すとヨードチンキが中に入る。飛び上がるほど痛いが、化膿の心配がなく割合よい治療法である。この豆をつくらないため行軍には色々な対策をする。靴下に石鹸を塗り、これが防止をやったものである。

さて、昼間の討伐が一段落して夜陣地確保をすることになった。中隊長から分哨配備の通達があり、私に一番危険な分哨を受け持ってくれとのことであった。中隊長が来て今夜の陣地確保ではここが一番むつかしいところだ、それだけに是非君にやってもらいたいとの殺し文句である。軍隊のこととて、いやともいえず、承知した。

中隊本部を中心に我々の小隊は西側の配備につき、そこより六〇メートルくらい突出したところに分哨を配した。分哨といっても、人員がいないので歩哨のようなものである。我々の小隊のいた家は紙を作る家らしく、茶色の馬糞紙のような大きな梱包が沢山あった。歩哨の立哨は二名一組とし、小隊と立哨の間には動哨を配して、いざという時に対応できるようにした。

私は動哨に加わり、殆ど寝ることなどできなかった。先程の紙の梱包を遮蔽物に配し歩哨がいざという時は、これを利用して後退に便利なように配意した。この分哨のすぐ下に道があり、確かに重要なところであった。

夜半を過ぎても何事もなかったが、夜明け前四時頃、我々の南方の分哨で銃声が起こった。すわ敵襲と緊張したが、我々の分哨には何事もなかった。

あとで聞いてみると、敵は一言も声を立てず、日本軍の夜襲そのままの戦法で突入して来たとのことであった。普通、中国軍は最初に迫撃砲を撃ったり、ラッパを吹いて突撃する場合が多いのだが、この敵は余程訓練の出来た精鋭部隊だったと思われる。幸い我が方には被害はなかった。

さて、この陣地を離脱しなければならないが、かなり優勢な敵がいるようなので、へたに動けない。そこで払暁を利用して離脱を決意し、夜明け前から朝食の炊事準備をしているように煙を立て、朝霧の中を隠密裡に離脱をはじめた。

二〜三時間も行軍したと思う頃、一人の兵隊が日射病にかかり倒れた。また敵の追撃の懸念があるので、すぐ軍医を呼び診察をしてもらったが、今動かすと命が危ない、絶対安静とのことだった。

この兵隊は私の小隊の小西君であった。彼は先日来、負傷兵の後送の過重労働の上に食事もあまりとっていなかったようで、このような状況の中で人員不足のため、前夜も分哨勤務についていたらしく、疲労が原因であったようである。

動かせば死ぬという。敵の追撃も恐ろしい。小西君も助けたい。決断を迫られることになった。小西君は私の中隊からこの度の討伐に連れてきた兵隊である。何としても助けたい。私は小隊長に二個分隊を私の指揮下に入れて欲しい。後衛尖兵となって、小西君の状況がよくなるまで敵を引き受けると申し出て、行軍を一時中止した。そして私は後方に向かって陣地確保をし、小西君の病状の変化を待った。

幸い小西君は小康を得て無事離脱に成功した。この時の小西君の分隊長は富田上等兵だったと思う。小西君とはその後再会の機会もなかったが、昭和五十八年十一月十五日、徳山で五中隊の集いを開催した時、この時の兵隊が小西君のように思われたので問いただしてみたところ、本人であることが確認できた。小西君が助かったのは軍医が動かすと死ぬといった。そこで中隊も、一人の兵隊を助けるために一個中隊が一時間以上も遮蔽物もない田圃の中にとどまったことである。

私は後衛尖兵を引き受けたが、敵が追撃でもして来たら一個中隊を離脱させるため、あの田圃の中で頑張らねばならない。場合によっては大きな犠牲者を出すことになるかもわからない。指揮官の決断というものはむつかしいものである。小西君の場合は敵の追撃がなくてほんとによかった。

3

〔思い出の六・憲兵隊分哨と英霊〕

杭州地区警備は錦江作戦や浙贛《せっかん》作戦のような一線の戦闘ではなく、杭州という大都市に師団司令部があり、その衛星的重要地点を管下の部隊が警備につき、杭州を守っているので戦闘行為といえば討伐に出る程度で、割合平穏な地区であった。

第五中隊が富陽の警備についている頃、師団本部に種々の事務連絡や糧秣受領等で杭州にトラックで出向いたものである。普通軽機関銃、場合によれば擲弾筒つきの警備要員が護衛についていた。田舎にいて杭州の街に行くと、何でも物資があり、皆この連絡に加わることを望んでいた。

この杭州市のはずれに憲兵分哨があり、兵長が分哨長についていた。この前を通過する時、車を止めて検問があり、五中隊の杭州連絡兵もこの分哨で随分いじめられたらしく、私の中隊でも大変評判の悪い分哨であった。

ある日私は中隊から遺骨受領の命令を受け、杭州の病院に遺骨を取りに行った。御承知のように白木の箱を白い布で包んで首にかけ、胸に抱いて連絡トラックに乗り帰路について、前記分哨の前に来たのでトラックを止めたが、衛兵は遺骨に気がつかぬのか歩哨も「捧げ銃」もしない。知らぬ顔をしている。

平素我々の中隊がいじめられているので、何かの機会に一言いってやりたいと思っていただけに、車から降りて分哨長を出せと大変な剣幕でどなったところ、分哨長が出て来た。私が英霊を抱いているので、これもびっくりしたらしい。棒立ちになって、言葉も出ない。

貴様達、この英霊が眼にはいらぬか、歩哨は敬礼することも知らない。平素どんな指導をしているのかというと、分哨長は真青になっている。君達は英霊に欠礼して、ただですむと思うかと平素のことがあるので、いささかこちらもオーバーに叱責したところ分哨長も我々が不注意であった、許してくれ、これからは充分このようなことのないように気をつける、といってあやまる。

そこでこちらも、君達が決して悪気でやったとは思わないが、我々の部隊でも事務連絡に来る車輛に対するこの分哨の検問は大変評判が悪い。検問が必要以上に厳しすぎる。前線では杭州のように物資が何でも手に入るというわけにはいかない。月に一回か二回、命をかけて連絡に来る友軍に、今少しあたたかい思いやりがあってもよいのではないかと分哨長を前に説教してやったら、向こうも負い目があるので今日は大変なことをした、許して欲しいとあやまる。お互いに異国に来て血を流しており、この英霊もその犠牲者だ、今日のことは不問にする、といって別れた。

これからはこの分哨とのトラブルはなくなったようである。本部に連絡に来た連中がとても喜んで、こんな溜飲の下がったことはないといってはしゃいでいた。

杭州は昔臨安《りんあん》と呼ばれて、南宋の都であったとか、杭州といえばあの美しい西湖が目に浮かぶ。湖の清らかさ、優雅な柳の並木を水に落とす風情は何ともいえない静かなたたずまいであった。

西湖の西寄りに中山公園があり、革命烈士の墓とかミイラのある博物館とか美しい建物が絵のように並んでいる。また雲林寺というお寺もあり、巨大な仏像が多数ある。湖には白いきれいな舟が浮かび、我々の休みの日、外出には西湖畔を散策しながら郷愁にひたったものである。我が一〇五大隊本部にいた河崎道成氏は、杭州の回想記に次のような詩を作っておられた。

一〇五大隊本部勤務　河崎道成氏作

水は漂々として春霞に没し
都府さながら浮上せる龍宮に似る
湖中大島あり
江亭青楼その数をつくし
亭前蓮花また行人にほほえみて少女の如し
雨降れば水波は煙と化し
湖岸の柳糸となりて銀涙をそそぐ
ただひとり紅楼に登れば
美酒捧げもちて

我を招くあり
楼上より望見すれば
眉清き李花のはなびら
去来す西湖千年の秘史
白髪の太公望黙して語らず
古塔ただぼう然として　たちつくす
されどなお葛嶺の松風
岳飛廟また何かを言わんとす
往時はただ水煙の彼方にあり

中国という国は、これだけの湖が人工で作られたというからおそれ入る。また中国には南船北馬という言葉があるが、南はクリークが蜒々と続き、かつては交通の重要な役割を果たしていた。南京から上海までクリーク伝いに行くことも出来ると聞いている。クリーク・万里の長城・石畳（道に石が敷きつめてある）、これは中国ならではの偉業であり、よくも中国民衆はこれだけの工事をやったものだ、とただただ驚くばかりである。

広徳作戦前後

1

さて我々は、富陽地区の警備から宋殿地区の警備に移った。この宋殿で私が五中隊に転属以来、中隊長として御指導をいただいた原田中隊長が、内地帰還されることになり、中隊全員でお見送りした。時に昭和十八年七月下旬の暑い日だったと記憶する。

〈藤井上等兵はこの五月に兵長に進級している〉

原田中隊長時代、私は人事係の助手として、功績係の藤野班長と共に事務的な仕事をしていた。私ははじめてのこととて要領がよくわからず、藤野班長はこの道にはベテランの人で、随分世話になった。当時の野戦での事務は石炭箱を紙で貼ったのを机に、ローソクの火で夜おそくまで仕事をしたものである。

軍隊というところは案外報告ものの多いところであった。いまでも暗い火のもとで報告書類の作成に追われた日のことが目に浮かぶ。その藤野君も二年ほど前に病気で他界した。私は戦後、大阪出張の時は彼の勤め先の会社に電話して呼び出し、昼食時間を利用しよく思い出話をしたものだが、今は上阪しても淋しい思いがする。

このように夜半まで仕事をしていると、中隊長が外出先から帰って来て「ウン君達はまだやっているのか大変だなあ……もう寝《やす》め、明日は起床延期だ。中隊長が言ったといってお け」ということだが、我々兵隊は徹夜しても朝寝するわけにはいかない。当時、中国には「チェンメン」という割合よい煙草があったが、これを一箱ずつよくもらった。これも今ではなつかしい思い出である。

原田中隊長は南京攻略の激戦でわずか十数名の生存者の一人で、下士官より中隊長にまでなられた歴戦の勇士であった。内地におられる時は役場に勤められたとか聞いたように思う。大変字の上手な方で、事務的なことについては大隊でも評判であった。特に初年兵教育の計画書などは抜群で、大隊本部でも原田中尉のものが採用されることが多いように聞いていた。

その反面、戦闘で兵隊を戦死させたり、負傷させるようなことは、とにかくきらいであった。戦闘になっても、兵が高い姿勢で射撃でもしていると、「駄目だよ、駄目だよ、負傷しては駄目だよ」といって、自分から兵の頭を下げさせるといった気のつかいようであった。

私は人事の仕事をしていた関係で、敵の潜入などの情報の電話を受け取ることがある。早速中隊長のところに報告に行くが、部屋に貼ってある地図に定規を当てて「ウン……これを見ろ藤井君、これは五中隊の警備地区から少々はずれている。他中隊の警備地区に出動すると叱られるから、ほっとけ、ほっとけ」である。

他中隊だったらすぐ出動したと思われるが、我々兵隊はおかげで随分助かった。原田中隊長は今もご健在で群馬県伊勢崎市連取町にお住まいであるが、復員後まだ一度もお目にかかっていない。

原田中隊長のあとに山崎中隊長が着任された。着任当時は少尉であったが、すぐに中尉に昇進された。中隊長としては警備隊長でもあり、対現地住民のためにも、早く中尉の肩章がつけたい様子であった。

山崎中隊長になって間もなく、大隊本部より一個小隊の討伐兵力を大隊本部に出すよう命令があった。討伐隊の編成は人事係の関係で私がするわけだが、警備についていると分哨勤務が多く、中隊本部の人員だけでは編成が仲々むつかしい面がある。討伐隊となれば平素の人間関係、体の具合等充分考慮してチームワークのとれた分隊編成をせねばならないので、多少の時間を要する。

中隊長は着任早々でもあり、中隊の兵の性質や健康状態まではご存知ないので、その点我々が充分補佐せねばならない。中隊長はどちらかというと気の短い方で、前任の原田中隊長とは対照的であった。早速雷が落ちて「まだ出来ないのか、何をぐずぐずしておる……」

そこで私は、中隊長に「兵隊を揃えるだけならすぐにでも出来ます。しかし他中隊と行動を共にする討伐隊の編成ともなれば、兵隊の員数を揃えればよいというわけにはいきません。情況次第では案外、手ごわい敵に遭遇するかもしれません。この時、小隊が打って一丸となって戦える討伐隊でなければなりません。それが為には小隊長、分隊長の意の如く動ける編成が必要です。私はこの大隊の編成以来いるので、兵隊同士の仲のよし悪し、人間関係も全部のみ込んでおります。一部の兵を分哨勤務から帰しているので、これが帰隊するまで待ってほしい。完璧な編成をします」といったら、中隊長もだまって引き揚げられた。

これ以来、このような急を要する編成があっても、一度も叱責を受けるようなことはなかった。

もう一つの思い出は、山崎中隊長が宋殿で中隊及び民間商社の駐在員を交えての運動会をやったことである。今まで一線部隊の行動ばかりしていたので、運動会とはのんびりした警備地区に来たものとその時、思ったものである。

私は若い時、スポーツには多少自信があった。この時も平素、間稽古に駆け足などやっていたので、商社の連中とは対等にやれると自信を持っていた。ところが、実際に走ってみると、民間人は実に速い。全く競走にならない。こんなに自分も運動能力が落ちたかとがっかりした。毎日重い軍靴をひきずって歩いた足には無理というものであったろう。

次の思い出に宋殿における初年兵教育がある。前にふれたように、私は十七年の現役の初年兵の教育助教をしていたためか、杭州補充の初年兵教育小銃班の班長をすることになった。

この教育は今となってはなつかしい思い出であるが、当時の軍隊という特殊社会では、社会的にも教養、人間的にも我々よりはるかに高い人物を、一兵卒として戦争要員として教育をするのであるから、今考えれば恐ろしいことである。人によると復員後、あの時なぐられたから、今度会ったら仇を取ってやるなどという人がいるが、あの当時の軍隊ではなぐられることによって、軍紀が保たれていたのかも知れない。あの社会の恨みを今日に持ち越すのは少々量見が狭すぎるような気がする。

ともあれ、私より年上の人もまた教育的にも社会的にも優れた人達に随分失礼なこと、無理なことを、この教育中にしたことを今反省している。

〔臨安討伐〕

昭和十八年八月二十日より八月二十六日まで臨安討伐が行なわれている。大隊本部は石瀬に前進、大隊主力は牌頭鎮、古城、黄湖鎮、唐下村、五柳橋、青山鎮を攻略、八月二十六日に余杭に帰着しているが、私にはこの討伐に出動した思い出が浮かばない。とすれば、私は初年兵教育に専念していたのかもしれない。

〔広徳作戦〕

臨安討伐が終わって間もなく、広徳作戦が行なわれた。杭州警備時としては大きな作戦である。

昭和十八年九月下旬より昭和十八年十月十日まで続いた作戦である。日本軍はこの作戦のため六十一師団、六十四師団、六十師団、七十師団の四個師団が参加している。

この作戦の目的は、中国の大都市南京、上海、杭州地区は既に日本軍が占拠中であるが、広徳地区は中国軍の手中にあって、日本軍占拠線の凹角部に当たるので、これを我が軍の手中におく目的の行動であった。この地区は常に敵ゲリラ戦の頻発地区であるため、この作戦がとられた。

敵側は二十八集団長指揮の三個師団を中心に、遊撃軍が加わっていた。我が七十師団は一〇三大隊、一〇五大隊、一二三大隊、一二三大隊、一二四大隊が主力となって参加。第一日目は天目山脈の峻嶮に進み、二日目には孝豊に突入、一〇三大隊は昨日来百キロメートルを一気に踏破するという常識を越える猛進撃をして、広徳に迫って遂に二日目二十時、西及び北より城内に突入占領している。

広徳奪取後は安徽省境までを新しい占領地域と定め、この区内の掃討作戦を続けていた。この作戦を終わり、杭州に帰着するが、間もなく安慶地区警備の命令を受け、思い出の杭州地区をあとにすることになった。

2

安慶地区警備

広徳作戦が終わって昭和十八年も漸く暮れようとする十二月、我が独立歩兵第一〇五大隊に安慶地区への移動命令が出た。この安慶地区は、京都師団管内で編成された第一一六師団が駐屯していて、揚子江の兵站線を確保していた。

この部隊は「嵐」という兵団称号を用いていた。嵐兵団は数ヵ月前に主力が武漢方面の常徳作戦に参加しており、留守警備のために各歩兵聯隊から一個大隊を残置し、従来の一個師団（歩兵九個大隊）の兵力で警備するところを三個大隊で警備していた。

常徳作戦が終結すると、この部隊の主力は安慶に復帰すべき筈のところ、大陸の戦線は急迫を加え、引き続き第十一軍（呂集団）の指揮下で、翌春に予定される大作戦に使用されることになったようで、第十三軍（登集団）から第十一軍へ転属することになった。

従って、残留部隊の三個大隊も急遽、主力に合流すべく安慶を離れることになったので、我が一〇五大隊で引き継ぐことになった。

一個師団の警備地区が三個大隊となり、更に我が一〇五大隊一個大隊になったので、九分の一の兵力で警備せねばならないことになる。もっともこの状況は一時的な現象で、二月末には新設の旅団がここの警備につくとのことであったが、心細いかぎりであった。

さて、部隊の移動ともなれば荷物梱包、積み換え等、何時ものことながら大変な作業である。十二月二十四日、杭州駅を汽車で出発した。一〇五大隊の主力が移動するのであるが、第三中隊（吉川隊）は牌頭鎮警備のため残留した。第三中隊を補填するため、独歩第一二三大隊の岸田隊が一〇五大隊に加わった。

嘉興、蘇州を通過し翌早朝五時半頃、南京郊外の下関《シャーカン》に到着、これより部隊は船で移動するため兵站宿舎に入った。十二月二十六日貨物、人馬の積み込みを終了、夕刻五時、夕日の揚子江に傾いた頃、江上に余波がただよう。その江上をジャンクが往来して美しい風景であった。今も強く印象に残っている。

船は二千数百トンの客船で、夜半十一時に船は錨を上げて出航した。夜間航行の二日目が明けるが、河は放流機雷の監視に油断がならない。十八年末頃になると敵機の来襲があり、揚子江の航行にも危険度が増して来ていた。昭和十八年十二月二十八日、無事安慶に到着することが出来た。

安慶は揚子江上流、武漢地区への重要な兵站基地で、過去五年間も嵐の師団司令部のあったところである。この移動中にも敵機の襲撃を受けている。

一〇五大隊第四中隊（新名隊）は安慶の警備に、第二中隊（川之上隊）は望江に、我が五中隊（山崎隊）はこれよりはるか上流の彭沢《ほうたく》の警備につくことになった。

〔遺体収容作戦〕

彭沢警備に先立ち、一〇五大隊は嵐兵団の残留部隊と討伐行動をすることになる。当時聞いた話によると、嵐部隊の曹長以下九名程度が敵地に入り行方不明になったので、一個中隊程度の討伐隊を急派したところ、敵地に入る時は何の抵抗もなく入れたが、撤退の時は敵が要所を完全に固め、三〇名の戦死者を出し、遺体の収容もされていないとのことであった。

この遺体収容作戦に我が一〇五大隊が参加した。我々はそれを「太陽山遺体収容作戦」と呼んでいた。太陽山は海抜一二〇〇メートル程度の高さで、横へ一八〇〇メートルくらいの台地であった。

敵はここを第一線としており、ここの台地の麓の方には、先程の嵐部隊の遺体が埋められているといわれていた。

作戦は揚子江を船で遡江し下船後、揚子江岸を行軍し、夕方近く攻撃前進基地に宿営した。この時の小隊長は末田少尉であった。小隊長は最近まで内地の予備士官学校で訓練を受けられ、見習士官で渡支、すぐ少尉に任官された方であった。恐らくこの時が最初の作戦ではなかったかと思う。

私は末田小隊の連絡下士官として参加した。この時の思い出は、小隊長はとても張り切った人だったように思った。内地の演習時と同じ要領で攻撃命令を出しておられた。

ところが、四年も五年も実戦を経験した分隊長連中は、仲々命令通りに動かない。例えば目的地が近くなったので、小隊長は兵の身を案じ、早目に鉄帽かぶれの号令が出るが、古い兵隊は弾丸が来ないと仲々かぶらない。前進に際しても安全を考えれば、疎開前進を命じるのが建前であるが、古い兵隊は危険が確実でなければ、楽な隊形で前進しようとする。

仲に入って苦労するのは連絡下士官である。この両者の考え方を調整するのが連絡下士官の仕事である。

また、こんなこともあった。分隊長連中が、藤井班長ほんとうに敵がいるのかという。前記のように京都の部隊が二度もやられているので、余程自重してかからねばならない。この時の討伐では末田小隊は尖兵小隊になっていた。

私は分隊長連中をしばしとどめ、持参の双眼鏡で五分間ほど太陽山を観察していた。ところが、山頂にある敵の分哨小屋の上に雀が一羽とまっている。そこで、敵はいないと判断し、このことを小隊長と分隊長に告げ、前進に際しては、少しでも兵隊を疲れさせないように一列縦隊で、但し第一分隊は万一のことを考慮し、稜線の敵側を進むこと。鉄帽はかぶるように指示した。

古い歴戦の兵隊は、実に敵情に敏感である。と同時に、体力を無駄に消耗することを極端にきらう。また、銃声に対する判断が実に正しい。パンと銃声がすると、古兵はその方向と大体の距離を反射的に感じとる。従ってとっさに、その辺の遮蔽物を利用して弾丸をさけて伏せる。

敵は普通、行軍して来る道を目標にして待ち伏せている。戦闘に経験の浅い兵隊は、とかくその場に伏せるので、よい目標になる。従って負傷者が出る場合が多い。この咄嗟《とっさ》の判断はいくら口でいっても、自分で度々身をもって経験しないと出来ないものである。

さて、いよいよ死体収容の目的地、太陽山の麓に到着、収容作業に入った。土地の農民に日本兵の埋められている場所をたずね、また軍用犬を使って死体埋蔵個所の発掘をはじめた。田の側や、畑の隅に一人あるいは二、三人一緒に埋められていた。既に一部は腐蝕が進んでいて、全部の遺体収容はできないので、この時は腕を切り落として持ち帰り、火葬にする方法が取られた。

私は錦江作戦の時記したように、死は覚悟して入隊したが、戦死した時はせめて骨くらいは郷里に還って埋めてもらいたいと、切実に願ったことを思い出して、何ともいえない気持で戦死者の遺体を探したものである。

せめて遺体の全部を火葬にしてやりたかった。一部の骨は持ち帰ってやれるが、大部分の遺体は異国の地に眠ることになる。本当に可哀想で仕方がなかった。我々も何時これと同じ運命を辿るかもわからないと思うと、一人でも残ることのないように戦友の骨を拾ってやろうと、懸命に発掘作業をやった。

作業を終わり撤収という時になって、かつての京都師団の例を思い、敵の襲撃があるのではないかと緊張したが、何事もなく撤収することができた。

この頃、私達の部隊は胸に日の丸の標識をつけていた。称して日の丸部隊といっていた。この日の丸部隊という名前は、中国軍にもかなり知れわたっていたようで、また恐れられてもいたようである。今までよく敵襲を受けていた他部隊の警備地に交代して、我々が警備につくと不思議に敵襲がなかった。

この太陽山作戦もあとで知ったことだが、第二中隊（川之上隊）は五中隊のように平穏ではなかったようである。太陽山後方の冷泉鎮というところには二個中隊くらい収容出来る敵兵舎があり、二中隊はこれを押えるのが目標になっていたようだ。

川之上隊と「嵐」の残留有馬大隊は、この兵舎に向け攻撃をかけ、彼我はげしい戦闘があったようで、敵の後方を撹乱したことになり、我々は平穏に死体収容をすることができた。

日の丸部隊というのは、戦闘にはたしかに強い部隊ではあったが、気性ははげしく、日曜日など外出日には、週番士官には頭痛の種であったようである。大都市などでは他部隊も多外出すると酒を飲む。酔いが廻ると喧嘩はつきものである。

く駐留しているので、それとのいざこざが起こり易い。問題を起こすと週番士官はこのような兵隊をもらい下げに行ったり、あやまりに行ったり、大変である。

兵隊は外出する時、ゴムサックを希望者には渡されたものである。慰安所等に行く兵隊もいたので、性病に感染するのを予防するためである。これも大都市のことで、一線にはこのように外出してのんびりするところなど、ある筈もない。

外出時の訓示がまたふるっている。君達は今から外出するが、「他部隊に絶対負けるな」という訓示がある。喧嘩しても負けて帰るなということである。このような気質が当時の日の丸部隊を支配していたので、確かに戦闘には強かった。

一般の人にはこのような戦場心理は理解できないことかもしれないが、当時の戦友には今ではなつかしい思い出として残っていることと思う。喧嘩して他部隊の頭を割ったとか、帯剣で切ったとか、色々問題を外出日には起こしていた。

〔広徳作戦について〕

「藤井軍曹の体験」には、広徳作戦の作戦事情にもかなり触れられているが、独歩一〇五大隊の作戦間の苦闘の模様が「槍部隊史」に次のようにあるので、引用しておきたい。
《独歩一〇五の幽嶺越え　大隊長山口憲三大佐の日記　一〇月一日　金　曇リ空稍寒シ》
木橋頭西方部落デ旅団司令部ニ追及　幽嶺付近ノ敵ニ前進ヲ拒マレ　伊藤、吉川、両中隊ガ攻撃　敵ハ間モナク退却シタ　幽嶺ハ胸ヲツク峠一歩一歩喘ギツツ上ル　上リツメタ時ハ日モ西山ニ没シタ　駄馬ガコノ峠ヲ越セルカ否ヤノ小田原評定ガ続ク　結局駄馬ハ迂回サセルコトニ決シ　部隊ハ峠ヲ降リルコトニナッタ　物ノ黒白モ判ゼヌ闇　下リモ凄イヤウナ坂デアル後兵ノ足ガ前兵ノ頭ノ上ニアル　木ヤ竹ニスガリツイテ一歩一歩下ト下ルトイフヨリモ辷リ降リルノデアル　踏ミハズセバ数丈ノ谷底喚ビ声ガ上ル　谷ニ落チ込ンダ苦力ノ声　シカシ誰モ無言　声ヲ出スコトモ危イノデアル　只竹ニ樹ニ懸命ニスガッテイルノデアル　辛ウジテ峠ヲ降リ終ッタノガ夜モ半ニ近カッタ　附近ノ敵状ト道路ノ偵察ト兵力ノ集結ニ努メル　暗夜ニ四散シタ兵力ヲ集結シタノガ一時デアッタ

三〇〇米ほどの坂落としを約一〇〇〇名の者が降下完了したのに三時間は要したのではないか。あとで聞いたが、着剣して剣尖を土に刺してすべるのを防いで下りた者もあった。山口大隊長は「一歩一歩ト下ル」と書いているが、「一腰一腰ト下ル」が適切な表現であろう。下り始めは樹木にすがったが、下に行くにつれ竹が手に触れるようになり、次第に傾斜面となって中腰で竹を摑みながら進んで、秋の落葉の絨毯の上を歩くようになると歩度は急に伸び、真夜中の大竹林の急行軍となった。

かくて一〇五大隊は天目山系に連なる山塊を踏破し、夜明け前までに王梅庄付近に前進し休止したが、仮睡の間も短く夜が明けた。

尖兵橋口小隊歩哨は深夜、敵の伝令兵を捕まえ情報を得た。

第四章

善部隊への転属

1

〔彭沢地区警備〕

安慶地区は大兵站基地であった。我が五中隊の警備地区彭沢にも、糧秣・被服等膨大な量のものが倉庫にあった。この彭沢は揚子江の右岸に位置し、安慶とは反対側の江岸にあった。裏山には万里の長城のように石の壁がはりめぐらされていた。

かつての「嵐」の大部隊の兵舎にわずか一個中隊が入ったので、全くすべてがガラーンとしていた。余りにも兵力が少ないので、いささか不安でもあった。各地の分哨に出るので中隊に残る人員は益々少なくなる。

我々は嵐部隊より倉庫物資の引き継ぎを受けたが、糧秣にしても数を当たるなどということはとうてい不可能な程の数量であり、梱包した個数を書類上で申し受けをした。我々はこの糧秣の監視だけでもよい仕事があった。何といっても兵隊が少ないので、中国人の少女を掃除などの雑用に使っていて、一度この少女に卵の目玉焼の作り方を教えたところ、毎度目玉焼を作ってくれるのには閉口した。この彭沢地区では、私の好物の支那饅頭をよく食べたものである。

兵隊がいないので、倉庫の整理などにはよく苦力《クーリー》を使用した。私達のいる間は、兵力が少ないのに平穏で治安のよいところに思われた。

私はここに駐留中、中隊本部からかなり離れた揚子江岸の分哨に分哨長として、勤務したことがある。彭沢から江下流に向かって五キロ程離れていたような気がする。兵力は十名程度であった。この分哨には一等兵だが、私達より古い兵隊が一人いた。この一等兵は軍隊はメンコの数だ、俺より若い年次の兵隊が星が多いといって上官顔して威張るなという気持が態度に出ている。勤務にも真面目につかない。

何とかしないと軍紀もみだれるし、少ない人数なので勤務上にも支障を来たすので、ある月夜の夜半、その兵隊を誰にも気付かれぬように揚子江岸まで連れてゆき、古兵としての平素の行動をなじった。

十名程度の人員で、その分哨を護らねばならない。統制がみだれるようだと、これからやっていけない。私のいうことに不服があるのなら、君の気のすむようにしろ、といって帯剣を一本渡してやった。頭ぐらいなぐりに来るかと思っていたが、案外素直に、私が間違っていた、これからは気持を変えて勤務にも真面目につくというので、今日のことは二人だけの問題だから、この件については一切口外しないということですませた。

これからというものは分哨にも重圧感がなくなり、大変たのしい勤務をすることができた。私は五年半ばかり野戦生活をしたが、その間本気で兵隊を叱ったことが二回程ある。そのうちの一つがこれである。

この彭沢の警備はわずかな期間であった。昭和十九年二月二十日には、新編成の独立歩兵第二一三大隊が警備交代に来た。我々はこの部隊と引き継ぎをしたが、この時の申し送りも嵐部隊の申し送りに準じて、梱包のまま申し送った。正しく員数を当たったら、恐らくかなり間違いがあったことと思う。

昭和十九年二月二十三日には彭沢を離れ、安慶に向かった。この地を去るに際し、よく部屋の掃除や洗濯をしてくれた中国人の少女に、もしこの叺《かます》を持って帰ることが出来ればやる、と米半俵分の叺を指した。私としては、こんな小さな少女が半俵分の米をかつぐことなどとても出来ないと思って、からかうつもりでいったのだが、驚いたことに、少女はそれをかついで帰っていった。あの体のどこに、あれだけの力があるのかと驚き入った。

安慶に到着後、便船をしばらく待って、三月早々この地を船で出発、南京へ、それから杭州へ帰着した。我々はここで新設の善部隊要員として中隊ぐるみ転出することになった。

思い出多き杭州地区より再び武漢地区へと移ることになった。もうあの西湖の美しい姿に接することもできないであろうと、郷愁のようなものを覚えたものである。

（藤井軍曹は、新設の善部隊への転属に際し、伍長に進級して、新しい任務に就くことになった）

〔善部隊への転属〕

昭和十五年十二月、中支に渡って第二十旅団に編入され、一〇五大隊要員として錦江作戦、浙贛作戦、広徳作戦等中支の各地を転戦して来たが、武漢地区に独立歩兵第十二旅団（善部隊）が新設されることになり、一〇五大隊より第五中隊（山崎隊）が中隊ぐるみ転属することになった。時に昭和十九年三月十二日のことである。私は三年数ヵ月、一〇五大隊に所属していたことになる。

当時の第五中隊幹部は次の方々であったように思う。

山崎中隊長　安部少尉　末田少尉　秋山准尉　柴崎准尉　尾坂見習士官　宮本曹長

我々は独立歩兵第十二旅団（善部隊）の独立歩兵第二三八大隊に編入された。二三八大隊を新設するに当たり槍部隊（第七十師団）より各一個中隊を抽出、計四個中隊にて編成されたようである。

（第二三八大隊の編成）

第一中隊長　野口中尉（槍の一〇二大隊第三中隊長）

第二中隊長　小松中尉（槍の一〇三大隊第一中隊長）

第三中隊長　山崎中尉（槍の一〇五大隊第五中隊長）

第四中隊長　旭林中尉（槍の一二三大隊第四中隊長）

〔山脇一等兵の思い出〕

善部隊に転属してから間もなく中隊の人事係秋山准尉に呼ばれた。話は五中隊より大隊本部勤務に出ていた兵隊が、朝の点呼時に週番士官の見習士官に反抗しなぐったので中隊に帰さねばならない。中隊幹部で相談したが、この兵を藤井班長の手元においてもらったがよかろうということになったが、引き受けてくれないかということだった。

私としては本人に会ったこともなく、どのような人物か見当もつかないので、身上明細書（本人の家庭状況・学歴・職業・性質等記入）を見せてもらったが、本人はもと苦学生で新聞配達等をして、私立の大学の夜間部に通っていた。家庭的にも余り恵まれた家族関係ではなかったように記憶している。

彼がこのような問題を起こす素地は、過去の生活環境の中にあったように思われた。そこで、秋山准尉にこの人物のことを一切私に任せてもらえるか、とかく軍隊という社会は命令一本槍で、問答無用的なことが多いが、山脇君に関するかぎり、どんなことがあっても私を通じて対応していただき、直接中隊長、小隊長、准尉殿が注意などされないと約束していただければ引き受けましょうと申し上げた。そして、それでよいということなので引き受けることにした。

私は、山脇君のような人物は孤独な面が多く、軍隊における初年兵時代には特別孤独感が強くなり、不満が多くなると思ったので、対話の相手が必要と考えた。要するに過去、現在を通じて余りにも孤独すぎると思った。

私は本人を私の部屋へ呼び、今日は軍隊という社会を全く離れ、兵と下士官という関係も全く無視して、山脇・藤井という一個の人間として自由な話し合いの場とする。従って何をいってもよく、平素おもっていることや、社会、軍隊に対する不満等も話し合ってみたい。君が何をいってもこれがこれから先の軍隊生活に影響するようなことは絶対にない。裸での話をしてみようと、ビールを抜いて二人で色々のことを話し合った。

四十数年を経た今日、当時のことを思い出すと、今、中学校や高等学校で番長グループというのがいて話題になっているが、この人達の心境も当時の山脇君の心境も共通なものがあるように思われる。今日の不良少年といわれる人達も、親、教師、友人たちと殆んど対話の場が持たれていないことが、不良化の大きな原因ではないだろうか。

彼等のあとでの述懐を聞くと、人に認めてもらいたいという気持が特別強いように思われる。山脇君の場合も、私が彼を対等の人間として認めたこと、対話の相手が出来たことは非常に大きな精神的影響を彼に与えたようであった。こうして時々対話を持つ内に、藤井班長、班長のいる間は絶対にトラブルは起こさないから安心してくれという。このことは約束しますとも言った。

でも、毎日私が見ているわけでもなく、班内で当然ビンタももらうことだろうし、その時ははたして耐えることが出来るかと心配だったので、誰も知らないように一名の兵隊に看視を頼んでおいた。もし問題を起こしたら、すぐ知らせるようにいっておいた。古い兵隊から時々なぐられることもあったようだが、抵抗はしなかった。

「おぼしきこといわぬは腹ふくるるわざなり」の言葉のように、軍隊というところは思っていることも自由にしゃべれない社会なので、思っていることを文章にして見せろともいった。時には詩に託してくることもあった。私自身も自分の人生観等についても、軍隊という枠をはずして話せるのはとてもよいことであった。

2

〔初年兵受領のため内地帰還〕

第五中隊はその後、粤漢《えつかん》鉄道沿線の茶鞍嶺に移り鉄道警備についた。この地区には鉄道聯隊なども付近に駐留し、保線業務についていたようである。ここへ移ってから、次の初年兵受領のため内地帰還等のことが話題になるようになった。

この話が出るようになったのは、十八年の秋頃だったと思う。私はこの頃は兵長だったが、下士官が不足していたので、下士官の仕事をさせられていた。普通このような受領業務には准尉、曹長級の人がこれに当たることが多かった。私の中隊でも一〇五大隊編成当時からの下士官は実に少人数で、功績係の藤野班長、私等が古い方であった。

当時の人事係は宮本曹長であった。中隊としては色々な人選があったと思う。藤野班長などもっとも適任者だと思っていた。藤野君は中隊の事務的仕事を一手に引き受けていたので、長期の空席には困難があった。特に功績業務は他の人ですぐやれるという人がいなかったように思う。私も前に人事の仕事を多少していたので、候補には昇っていたと思う。

藤野君は優秀な事務家ではあったが、行軍等は苦手であった。あとでふれるように、この受領には帰途一ヵ月以上もの行軍をするようになり、帰らない方がほんとうはよかった。私の場合、多少家庭事情が加味されたかも知れないが……。

私には兄が三人おり、長兄が医者で軍医としての軍籍もあったのが既に死亡していた。次兄は職業軍人で大本営に永年勤務し、昭和十八年に朝鮮龍山の聯隊より部隊長としてニューギニアの戦線に参加し、昭和十八年四月に戦死している。さきに楊家畔分哨の思い出でふれたように、兄が私の夢枕に立ったことも中隊の者は知っていたので、藤井を還してやろうということになったのではないかと思う。外地にいる兵隊は、やはり内地に帰れるということは大きな魅力だったことは確かであった。

結局、宮本曹長と私が帰ることになり、大隊本部に申告に行った。そこで他中隊の引率官を見ると、軍曹というのが多少いたが、兵長というのは私一人であった。あとは曹長、准尉将校ばかりで、引率官は名前を忘れたが少佐の人であった。この初年兵受領には大変な思い出があるのでふれてみたい。

私達は昭和十八年秋も半ば過ぎた頃、この少佐引率のもとに汀四橋を出発した。私達受領隊は、他の帰還部隊と行動を共にすることになった。その部隊は田代部隊といって、外地に永年勤務した看護婦さん十五、六名の部隊であった。

ご承知のように、男は女に鼻の下の長いのが多いが、兵隊は女性にかつえているので特に長い。

我々は汽車、船と乗り継ぎをして内地に帰るわけであるが、その都度、荷物の積み下ろしをせねばならない。随分《ずいぶん》梱包数があるもので、その使役を我々下士官がやることになる。最初のうちは、初年兵受領にはこんなに荷物があるのだろうかと疑問に思っていたが、そのうちにこの荷物の大部分は田代部隊の私物だということがわかった。各人重いのを二個程度は持っている。ところが、汽車から下ろして船に積み揚子江を渡り、また汽車に積む等、人数が少ないので大変である。

この田代部隊の看護婦さん達は一切手を下さない。我々は苦力みたいなようにその都度やらされた。これが私物とわかってから、引率の下級下士官の間から不満が出だしたが、引率官命令ということで、ぶすぶすいいながらも我慢していた。私物の中にはカルピスなども入っていた。腹立ちまぎれに梱包を放ると、こわれてカルピスが流れ出すこともあった。

汽車や船の走っている間は、全くすることがない。そうすると引率官の少佐が問題を出して、二日後に答案を出せということになる。引率官の中にも、こんな面倒な宿題をやるのが苦手な連中がいる。曹長、准尉さん達が、藤井君適当に書いておいてくれ、といってくる。私は一番階級が下ではあり、いやともいえないので仕方なく引き受ける。一人で五人くらいの答案を書かねばならない。全部同じことを書くわけにもいかないので、私の分を一番よい答案にし、他は適当に書いておく。
四、五日してこれに対する引率官の少佐の講評があるが、私の書いた一番よいのは一度もほめられたことがない。階級の上位の方の答案がよいことになっている。ただ答案の下請をすることで案外重宝がられ、よくおごってもらったり、友人つきあいが出来るようになった。
途中、何度も荷物の積み換えをやったが、婦人部隊はお客様で一度も手を下さず、頭にきた。このような旅を重ねて、船は博多港についた。先ず驚いたのが、港の荷揚げ人足も殆んど女の人であった。真っ黒くなって男と変わらない服装で働いていた。

船から荷物を下して汽車に積む作業をすることになったが、この時も婦人部隊は全く手を下さない。私達が汽車まで荷物を運んでみると、婦人部隊は客席にすわって雑談したりお化粧したりしている。この荷物も今日が最後かと思うと、出発以来の怒りが急に出て来て、港の荷揚げ婦人達のことを思い出し、これに対してお化粧して我々が荷物を運ぶのを平気で見ている姿が我慢出来なくなった。

そこで私は、君達と中支出発以来行動を共にして来たが、あんた達は内地の港へ到着した時、あの内地の姿を見たか、荷揚げの人は殆んど女の人であり、真っ黒くなって働いている。出発以来この荷物は全部我々が運んだ。これは君達の私物であろう。日本に着いてまでも誰一人手を下す者がいない。重ければ二人で一個持つことも出来るであろう。こんな態度でこれからの内地の生活がやっていけると思うのかといって、叱ってやった。

さすが悪いと思ったのだろう、顔を上げる者は一人もいなかった。

ところが、この説教の終わる頃、引率官の少佐が来られ異様な雰囲気に気付いたのだろう。何事かといわれるので、私は今までのことをいって、我々は命令だからいわれる通りにやって来たが、この婦人部隊の態度は間違っていると思う。彼女達が功績のあった従軍看護婦なら我々も皇軍の兵士である。只今苦言をいったところです、といったところ、何もいわずに引き上げて行かれた。

引率官も、あの使役命令はその負担が少数の人員にかかったので、行き過ぎだと思っていたことと思う。

さて我々は広島まで行き部隊を解散し、受領地浜田聯隊入隊まで五、六日程度の余裕があったように思う。私はこのわずかな期間をどうしようかと考えたが、昭和十五年に内地を出発して以来、はじめての内地である。最初にふれたように、私は大阪で召集を受けたので、友人、知人も大阪が一番多い。何としてもこの機会に大阪へ行ってみたくなった。

前にもふれたように、受領引率官は殆んどの人が階級の関係で、刀を吊っている。銃や背嚢を持っているのは、私一人であった。軍曹もいたが、要領よく刀を吊っている。従って私は銃と背嚢が余分である。大阪に行くにしても、この始末をどうするかで、頭を悩ました。

結局、私が大阪で勤めていた保険会社の支店が広島にあるので、ここに銃と背嚢をあずけて大阪に行くことにした。我々の行動は、軍の秘密ということで、家族にも知らせてはいけないことになっていた。ほんとうはこの五、六日の自由時間も、引率官が気を利かせて作ったものと思う。

大阪では、昔下宿していた家に一泊して、昔話に花を咲かせ、結構、愉快な時間を過ごした。

大阪からすぐ引き返して、広島の末田少尉のお父様宅を訪ね、小隊長が元気であることを報告し、郷里山口県に帰って、牛尾君のお父様を訪ね、元気で勤務していることを報告したら、自分の郷里に寄る時間がなくなり、大急ぎで広島に引き返し、銃と背嚢を取りに行った。会社もこの始末には随分困ったらしく、どこに保管したものか迷ったあげく、銃は地下倉庫に、背嚢は貴賓室においてあった。全く恐縮した。実のところ、私自身も、昭和十八年も暮に近い頃とて、もし空襲でもあると面倒なことになると、いささか心配であった。銃でも無くすると処罰問題である。

さて、いよいよ浜田聯隊入隊に向かうため、広島駅に行くバス停でバスを待ったが、長い列を作って待っている。仲々バスが来ない。

これだけ人がいては、乗れるかどうかも不安でいらいらしていると、一人の老人が兵隊さん、どちらに行くのかというので、私は何時までに浜田聯隊に行かねばならない。広島を○○の列車に乗らないと間に合わないといったら、この人が私を一番列の前に出して、皆の了解を取ってくれた。兵隊のこととて誰も異議をいう者もなく、列車に間に合って安心したことをよく覚えている。

私は最初、初年兵受領というので、当然山口の屯営に帰ることと思って楽しみにしていたところが、あとで我々の受領聯隊は浜田であることを知らされ、がっかりした。誰一人知人がいない。

聯隊に入ったが、外出も一切させてくれない。何年振りかに内地に帰ったのに、外出くらい許してくれてもよさそうに思うが、私の入った中隊は外出を許さないという。

他中隊の将校がいたので、我々は何年振りかに帰って来たのに、ここでは外出も許さないのかと聞いてみたら、君のところは何中隊かというので、○○中隊だというと、君は悪いところに入ったものだ。あそこの准尉というのはどうにも融通のきかない人物で、あの中隊だけは許していないらしい。他中隊は、その辺適当にやっているとのことであった。

私は一ヵ月以上もここにいたが、遂に一度も外出させてもらえなかった。私は今度内地へ帰って屯営に来てみて、内地の屯営も我々が入隊した頃と比べて、軍紀も昔のようにキビキビしたものは感じられなかった。

私は一部屋もらっていた。食事など兵隊が持って来てくれるが、全く安心が出来なかった。ここで私は時計や万年筆を盗まれた。まさか兵隊がそんなことをするとは思いもしなかったので、屯営の者に話してみると、最近こんなことは珍しいことではないという。貴重品は身体から離さないようにして下さいということであった。

こんな調子で、昔の勤め先大阪に行った程度で、誰一人面会に来てくれる人もなく、この頃では食べるものも充分ではなく、全くお話にならない内地帰還であった。

宣撫班長の仕事

1

さて、いよいよ初年兵を受領することになった。私の中隊に確か七四名受領したと思う。先ず驚いたことは、体格が不揃いであるということだった。甲種合格のようなのがいるかと思うと、誰がみても丙種の兵隊がいる。どうみてもよせ集めの兵隊である。

翌日から訓練をはじめたが、土嚢《どのう》運びのテストをやっていると、ある兵隊は右肩にかついだと思うと、頭を越して左側にすとんと落とす。我々だったら、首がどうにかなっていると思うが、平気な面をしている。とにかく昔の兵隊に比べると平均的に体格は低下していた。

内地を出航して上海に上陸、上海より汽車で南京に向かった。この間、貨車の中に毛布一枚もらって十二月末の輸送で寒さが身にこたえた。汽車輸送中に正月を迎え、私の中隊七四名に、遠く離れた内地の空を思いうかべて元日の訓示をし、東方を遙拝したことを憶えている。

私は上海を出発して間もなく、どうしたことか胸が痛くなり、寝起きも不自由する程であった。

今思えば肋間《ろっかん》神経痛が出たのだと思う。熱も少々出たので心配した。正月の訓示の時も、体を起こすのに痛くて大変であった。駅で食事の受領や便所の使用等のため下車した兵隊の、点呼をせねばならないが、全く訓練の出来ていない兵隊なので、全部引率官がやらねばならない。古い兵隊ならこんなことは全部やってくれるのだが、こわいもの知らずの集団だけに随分気を使った。

軍医診察も受けたが、産婦人科出身の軍医さんとかで要領を得ない。こんな姿で南京に到着したが、間もなく痛みもとれ、普通の体にもどった。

南京の兵舎に入ったが、暖房施設もなく、昼間は敵の空襲があるので、兵舎を出て近くの山に入って時間をつぶしていた。毎日冬の寒い日に、このような日課の連続である。従って南京では、訓練らしいものは殆んどやらなかった。

ある日、糧秣受領に行って帰った他中隊の初年兵がしばかれている。何したかと聞いてみると、使役に行って煙草をごまかしたらしい。私は屯営で時計や万年筆を盗まれたことを思い出し、これも戦争が作り出した世相なので、他中隊の軍曹に私があやまってやり、充分言い聞かせるということで許してもらうことにした。このようなことは、原隊に帰着するまでに何度かあった。

私は階級が一番下であったが、年齢は私が一番多かった。私が詫びを入れると、殆んどの下士官が許してくれた。復員して直後、何度か大阪に行ったが汽車の中で、藤井班長ではないですかと呼び止められたが、こちらはどうしても思い出せなかった。三度とも十九年の現役で、この行軍を一緒にした連中であった。しかも、他中隊の兵隊であった。あの時は随分助けていただいて有り難うございました、といっていた。あるいはしばかれるのを助けた、あの連中かもしれない。

〔南京―漢口―武昌―汀四橋への行軍〕

我々は一ヵ月近くも南京に留まることになった。

制空権を敵が完全に握ったので、揚子江も機雷で、航行出来なくなっていた。遂に軍は南京―漢口―武昌―汀四橋を行軍で踏破の命令が出た。

実のところ、この命令を受けた時、大変なことになったと思った。私自身、入隊以来一ヵ月もの連続行軍をした経験もないし、今回は全く訓練を受けていない七十余名の兵隊を連れている。私自身、この任務が遂行出来る自信は全くなかった。

前にもふれたように、私は背嚢、鉄帽、銃、弾薬を持っての行軍である。この行軍には、前線部隊への衣料品を持参させよということで襦袢、袴下、靴等を携行品として余分に持つことになった。

ここで前線に追及する初年兵の装備にふれておく。各中隊に銃が一〇梃程度で、他の兵隊は帯剣のみである。内地を出る時は水筒も員数通り揃わず、竹の水筒を持った兵隊もいた。

昭和十九年といえば終戦の前年である、日本も如何に物資が不足していたかが窺《うかが》われる。初年兵の持参した小銃は九九式歩兵銃で、昔の三八式歩兵銃を改造したもの。銃身が三八式より短く小型になっていた。ところが、この銃の中には粗製濫造のものもあり、一発撃つと薬莢が膠着して、次の弾丸が撃てないような銃もあった。

いよいよ行軍となると、内地を出発の時息子にと多少の品物を預かったが、とても持って行ける情況ではないので、食べられるものは処分した。

行軍は一日の行程八里～一四里（三二キロ～六〇キロ）が予定されていた。

行軍をはじめて一番困ったのが、病人の続出であった。この初年兵は内地で殆んど教育を受けていないので、体の鍛錬が出来ていないことと、精神的訓練が出来ていないため、耐える精神に欠けていたように思う。病人が出ると行軍が出来ないので、行軍沿線の兵站病院に入院させては行軍を続けた。

ある時はこんなこともあった。もう次の宿営地が見えるのに、一歩も動けないという。もうすぐだから何とか頑張れといっても全然駄目。仕方がないから、私が子供のようにオンブしたこともあった。

雨の日など、宿舎につくと衣類を乾かさねばならない。薪の用意も一切引率官がやらねばならない。昔のように甲種合格者のみを入隊させるのではなく、甲種から丙種までの者が一緒になっているので落伍者も多く、七四名受領し汀四橋の大隊本部に到着したのは、三七名程度だったと思う。半数は落伍したことになる。

難行軍の末、漸く大隊本部に辿り着き、到着の申告をしたところ、大隊長から引率官の大馬鹿者というお叱りを受けたのには驚いた。大隊長とすれば、大切な補充兵を半数近くも落伍させたことに対するお叱りだと思った。

私達は最近「五中隊の会」なども持って懇談の場を作っているが、五中隊の十九年兵の話では、入隊を山口の四十二聯隊にしたという。私は浜田の聯隊に入隊した兵隊を浜田で受領した。五中隊の十九年も南京から行軍したという。もしこの行軍に私が一緒だったら誰か私を覚えているはずである。一ヵ月以上もの行軍の世話を私の中隊では殆んど私がやったので、知らないはずはない。

もう一つ不思議なことは、これだけ苦労して引率してきた初年兵が何れに行ったか、今では全く記憶にないことである。あとでふれるが、私はこの引率官の任務を終わると間もなく宣撫班長を命ぜられ、便衣《べんい》生活の特殊任務についたので、中隊にあまりいなかった。そのため記憶にないのかもしれないが、それにしても、あの苦労をした人たちが今どうしているか、知りたいものである。

2

〔宣撫班長就任〕

私は初年兵受領の任務を終わって中隊に復帰すると、中隊長より宣撫班長になってほしいとの話があった。昭和十九年といえば、戦況も段々悪くなり、制空権も敵の手に落ちているようで、毎日のように敵機が飛来し爆撃や機銃掃射をやっていた。

宣撫班の仕事は対中国民衆との関係が主なる仕事で、宣撫工作と情報収集が重要な仕事であった。今までの宣撫の仕事をみると、とかく情報収集の方が主になって、情報を取るため無実の中国人が苦しめられた例が随分ある。

私はこの職につく前に、次のようなことを経験している。ある若い中国人が便衣隊との嫌疑を受け、つかまって敵情を自白させるため拷問をかけられ、かなり火傷を負っていた。ちょうど、暑い頃で火傷が化膿してくる。私は見かねて衛生兵(私の記憶では神足、須山衛生兵だったと思う)と相談し、治療してやることにした。もしこの捕虜が便衣隊であったとしても、こんなチンピラが敵情のくわしいことを知っている筈がない。可哀想だということで、衛生兵の諸君はよく面倒を見てやり、完全によくなった。

私はその捕虜に、気の毒なことをしたが、日本軍にも皆あの鬼のような人達ばかりではない。衛生兵達のように心やさしい人もいる。これからは自分の家に帰り元気でやってくれといって、煙草を五箱渡し釈放した。彼は釈放がどうしても信じられない様子で、もしかしたらバッサリやられるのではないかと、恐怖をありありと顔に現わしていた。ほんとうに釈放するのだから心配はいらない。また煙草でもやるから訪ねてこいといって帰してやった。

こんなことを知っているので、この仕事は出来ることなら受けたくなかった。前任者三部班長は中国で居住しており、現地召集で中国語もペラペラである。それにひきかえ私の場合は、先ず中国語が充分話せないことを理由に、強く断わったが、しかし、中隊ではどうしても引き受けてくれといってきかない。

軍の要望として対中国民衆との対応を厳正にして、日本軍の品位を保てるような宣撫をしてくれとのことであった。幾ら断わっても最後には命令ということで軍隊では仕方がないので、引き受けることにした。

中隊は当時粤漢《えつかん》線の茶鞍嶺に駐屯し、警備任務についていた。通訳一名、密偵三名を使用し敵状の蒐集《しゅうしゅう》をやり、中国民衆の中に入り宣撫工作をやった。従ってこの頃から中国服を着用し、便衣での生活をするようになった。

私のいるところは華民街の中に居を構え、一個分隊程度の護衛兵とともに分哨のようなかたちであった。私のいるところのすぐ前は道を隔てて日本でいうウドン屋があり、斜め向こう側にこの地方の合作社の社長の家があった。軍の野菜やその他の物資を合作社を通じ購入していたので、この社長との折衝は多かった。

彼は武漢大学の卒業でインテリであった。中国人は阿片《あへん》を吸う人が多いが、この人も吸っていた。彼は私に阿片を吸ってみないかとさそったこともあったが、手を出すようなことはしなかった。前のウドン屋の老夫婦はほんとうに人のよい人物であり、よく私も食べに行ったものである。郷里のお爺ちゃん、お婆ちゃんを思い出すような人達であった。

私達の警備地区には鉄道聯隊もいたように思う。枕木の伐採とか鉄道線路の保持に当たっていた。

当時我々が警備していて日本軍の対象となる中国軍は、中国正規軍（蔣介石軍）、新四軍（中共軍）、地方雑軍等の部隊であったが、当面の敵は中国正規軍であった。中共軍は終わり頃はかなり活発に行動していたが、日本軍との衝突は出来るだけ避けているように思われた。

私は便衣生活をするようになって、中国人と話さねばならない機会が多くなったが、当時の中国は各地を日本軍が占領していたため、日本的中国語が広く使われていたので、簡単なことは何とか通じるようになっていた。日本では朝、顔を合わせると「お早うございます」というが、当時中国の民衆に朝会うと「乞了飯了麼《テラファンラマ》」といっていた。

当時の中国では満足に食事が出来るということは、大きな希望でもあっただろう。中国人の生活を見ていると、食事でも外から見えるところでしていた。日本では人に見えないように台所は奥の方にある場合が多いが、中国では反対であった。

日本でいう法事のようなものがあっても、霊前に供える御馳走は台の上に並べ、通行人の見えるところに出してあった。我々には、私の家ではこんな供物をしているんですよと人に見せ、自慢するように思われた。

またこんな言葉もあった。「好人不当兵（よい人は兵隊にならないとの意）」。実際当時の中国人には字の読めない、書けない人が多くいた。中国人が私にこんなことをいった。先生《シイサン》字が書けるのにどうして兵隊になったかと。このような質問は何人かの中国人から受けた。

私は苦力《クーリー》達に君達、奥さんがいるかとよく尋ねてみたが、殆んどの若い人が「お金がないので買えない」という返事が返って来る。中国では結婚と葬儀に大きなお金がかかるといっていた。苦力などの話だと、娘の母親《ムーチン》にかなりのお金を渡さないともらえないといっていた。

私達の警備地区でも厚い黒塗りの大きな箱のようなものが運搬されていたので、よく検問をしたものだが、これは人の死んだ時使用する棺（寝棺）であった。我々のいた地区は木のないところであった。これだけの棺を作るには、相当大きな木でないと作れない。厚さが実にしっかりしている。かなりのお金がかかるだろうと思われた。日本のように死んでから棺を取り寄せるというのではなく、中国では生前から準備しておくようであった。

また中国には「不肖の子」という言葉があるが、事実山などに入ると小さな棺が埋められず、そのまま置いてあるのに出会った。子供は親を看取《みと》ってから死ぬのが孝養を尽くすということになるようで、親より早く死ぬのは不孝者になるという思想によるものであろう。不肖の子、親不孝者というわけである。この思想は儒教の影響を受けたものと思われる。

葬儀にも何度か出合ったが、都市の資産階級の葬儀など随分派手なものであった。行列も蜒々数百メートルも続き、鐘や太鼓で棺のあとを練り歩いており、朝鮮の葬儀と相通ずるものがあるように思った。

宣撫班の仕事は、戦時中なので敵情を常に調査しておかねばならない。特に作戦・討伐の前には、前面の敵情を出来るだけ正確に知っておく必要がある。一例をあげれば、私の属する旅団の作戦準備のため、河の渡河点の調査をするよう命令を受けたことがある。

この時、私の取った対策は毎日その河を下る民船や、河に沿って下って来る現地人に、河の深さ、舟が付近にどの程度あるか、渡河点と思われるところの地形、上陸の難易等を何十人かの者にたずね、これを分析して報告書を旅団本部に提出したところ、この情報が旅団の作戦資料として載っていることをあとになって知った。

私達の警備地区に憲兵分隊があり、そこの憲兵が作戦目的地へ単身潜入し、敵情・地形を調査して無事帰って来たとのことであった。このように一つの作戦にも事前準備が大変である。

3

〔広東打通作戦〕

我々の警備地区は、最初の頃は割合平和な地区であったが、昭和十九年も夏の頃になると、日本軍の通過部隊が殺到するようになった。

私達の警備は武昌―長沙―衡陽―広州に通ずる粤漢《えつかん》鉄道の警備が主任務であった。この地を通過する列車は全部日本軍であり、重火器と兵隊で屋根の上までいっぱいである。また、鉄道沿線の道という道は行軍の部隊で溢れるようになった。余程長期の行軍をして来たものと思われ、汗と泥ですごい形相である。どこから来たかと聞いてみたら、北支から南下して来たという。

私達の警備地区の経理関係は、当時牛尾上等兵が担当しておった。階級は上等兵であったが経理事務にくわしいため、実質的な仕事は牛尾上等兵が一手に引き受けていた。我々のような小部隊では、このような大部隊の糧秣補給はとてもやれないが、徒歩部隊の中には無理をいう部隊もあったようだ。

当時我々のような下級下士官には、なぜこれほどの部隊兵器が移動するのか見当もつかなかったが、あとで聞くと、太平洋戦争で制海権を奪われ、中国大陸へ米軍の進攻が考えられるということで、この広東打通作戦が取られたようであった。この通過部隊が、終戦後、私には大変な苦労の種になったが、あとでふれることにする。

当時私達は鉄道を護ることが大きな任務の一つであった。米軍の場合は、飛行機による爆撃であったが、中国軍は地雷による爆破が主であった。従って夜間鉄道巡察をやったものである。

私はこの任務につく時は、付近の住民に敵便衣隊が入り込んでいるかどうかを聞いてみることにしていた。そうすれば、大体の状況はつかめる。これには平素から住民と親しくなっておくことが大切である。時には煙草などをやり、気心が通じ合うようにしておくことが秘訣である。こうしておくとほんとに危険な時は、相手の態度が違う。

ある日、鉄道巡察に長代班長を長とする巡察隊四、五名が出た。この時は牛尾上等兵も一緒だった。巡察をはじめて間もなく、敵が待ち伏せをしていて至近距離から撃って来た。牛尾上等兵の話では、長代班長は咄嗟《とっさ》に敵に向かって突っ込むという。驚いてあとにつづいたが、その時大切なものを落としたとのことであった。

その大切なものは酒の入った小瓶だった。牛尾上等兵は経理をやっていたので糧秣関係は融通がきく。長代班長に飲ませてやろうとの親心で持参したところ、この敵襲である。突撃というのに酒の瓶を持ってやるわけにもゆかないので、そのまま突っ込んだということであった。

　ところが暗夜に草の中に落としたので、探して見ても見つからないし、人にもいえない。実はこのような敵襲があると、必ずあとで中隊幹部による現地調査がある。牛尾上等兵とすれば、この酒瓶が出てくると大変なことになるので、明朝早く現場に行き、探し当てて事なきを得て、やれやれと思ったそうである。今となっては、ほんとにほほえましい話である。

　宣撫班には時々大量の苦力の徴発命令が来ることがある。時には四〇〇名、五〇〇名というようなこともあった。私の立場は、中国民衆と占領軍である日本軍との融和を計ることが重要な任務でもあるので、私はこの職を受けてから、中国の民衆の立場に立って対応して来た積りである。日本軍の警備地区における徴発行為の監視も強化した。

　ある日、大隊本部より三〇〇名の苦力を出すようにとの命令があった。時あたかも中国の田植時である。今日の日本のように機械化されているわけではなく、殆んどが人手による田植である。昔の日本の田植と変わらない。私は農村の出身なので子供の時の郷里の田植を思い出し、あの忙しさ、猫の手でも借りたいのをよく知っている。

　そこで部隊本部に、この農繁期の田植時に三〇〇名の苦力を出せというのは無茶である。とても出せないと断わると、軍命令と来る。そこでまた抗議して、今中国人に米を作らせなかったら、我々日本軍の食糧は誰が補給してくれるのか。宣撫とは一体何なのか。この状況で三〇〇人は何としても無理である。どうしても強行するのなら、現地を調査してからにしてくれと頑張ったところ、半数程度にしてもらうことができた。

保長を集めて、この間の事情を説明し、自分も農村の出身で田植もしたこともあるので、無理ということはよくわかるが、一五〇名ほど何とか出してくれないかと頼んだところ、快く承知してくれた。これが終戦約一年くらい前のことである。この頃の私の中国人に対する態度は、終戦になった時、私を助けてくれることになった。

昭和十九年に我々が武漢地区の警備に移った頃から、敵機の飛来が多くなった。蒲圻《ほきん》地区では鉄橋爆破の目的で、爆撃機数機を戦闘機が五、六機護衛してやって来る。戦闘機は付近を機銃掃射する。蒲圻の五中隊陣地には野砲が一門あったが、これで飛行機を撃てとの命令である。それほど敵は低空で攻撃して来ていた。

この頃から警備隊では、兵舎付近にタコツボの穴を掘って、敵機が来たらそれに待避したものである。機銃掃射はこれで身が護れた。敵機の来襲は日を経るに従って多くなった。日本軍は完全に制空権を敵に奪われたことが、この中国の奥地にいてもよくわかった。

我々も飛行機の状況からしても戦況はよくないとは思っていたが、中国大陸の方は大きな変化もないので、あとで聞くほどの状況とは誰も思ってはいなかった。

私の経験では、緒戦の錦江作戦の時はかなりの犠牲者は出たが、これとても全面敗戦という感じはしなかった。中支では日本軍は余り大きな敗戦の経験もなく、我々の地区を見ても中国人の態度も平穏で、宣撫工作もかなりよく行なっているように思っていた。

終戦前後

1

今まで在支中の我々の当面の交戦相手は、蔣介石の率いる中央軍であったが、他に新四軍（中共軍）というのがいた。その勢力は戦争初期にはそれほど強力なものではなかったが、終戦が近づくに従い中共軍の動きが活発になってきた。

私達の在支中、ふしぎに中共軍と日本軍の戦闘は余りなかったが、中共軍と中央軍の衝突は時々あったようである。我々の警備地区を移動する中共軍は、夜間行動が多かった。かなりの部隊が行動したこともある。我々の分哨は小人数なので襲撃されたら一たまりもないが、日本軍とのトラブルは避けているように思われた。

我が部隊が中央軍に包囲されあわや全滅かと思われるような時、その包囲の敵が退却をはじめた。あとで調べてみると、中共軍が中央軍を攻撃したとかで、日本軍は命びろいをしたようなこともあったという話も聞いている。

またある時は、我が方は十名程度しかいない分哨に、中共軍から連絡があり、今夜中共軍が通過するが、日本軍の分哨とのトラブルは起こしたくないので、我々も手出ししないから日本軍も知らぬ顔をしていてくれという交渉に来た日本人の中共軍将校がいた。この人は北海道出身の人のようであった。どのような経緯で中共軍に入ったかくわしい話はしなかった。この夜、三〇〇〇名くらいの中共軍の通過があった。

終戦前にはいろいろのことがあった。私達の大隊に軍紀にふれて刑務所に入っていた兵隊を終戦前に各部隊に配員した。私の中隊にも何人か来たが、これに先立ち一個小隊程度の人員を大隊に集合させ、そこで集合教育をさせたことがある。この人達の中には色々な前科の持ち主もいた。

大隊でこのような人達を集め、一個小隊を編成して訓練することになり、この教育下士官に私をとの内示が大隊本部からあったとの話であった。この時の人事係は宮本曹長であった。

この話を宮本曹長からきいた時は、いささか困った。このような経歴の人達を戦況がかく悪くなった今、訓練教化するなどということは現実には無理な話である。このような小隊は、とかく討伐に使用される場合が多いと思ったので、宮本曹長に絶対に行かないと強硬に抵抗した。

曹長は、大隊本部の命令だから仕方がないという。それを何とかするのが人事係の腕のみせどころだと口論である。結果的には宮本曹長がどのような対策を講じたのか、私はこの隊に行かなくてすんだ。宮本曹長も軍命と私の中で随分困られたと思う。

軍命ともなればそれなりの理由が必要だったと思うが、くわしい話をしてくれないうちに終戦になり、あの時の状況を聞きたいと思いながら、中々会う機会もなく歳月が過ぎた。復員してから四国でお会いした時も他の話がはずんで、聞かずじまいに終わった。宮本准尉は昭和五十九年、病のために他界された。

上野中隊長の時に討伐命令が出た。確か中心坪という山間いの寒村に敵の情報員が潜入したとのことで、約一個小隊程度の兵力で討伐隊を出すことになった。

この討伐は、二個小隊が二方面よりここに時間を合わせて集結することになっていた。こちらは上野五中隊長の指揮する約一個小隊で、尾坂少尉も一緒だったと思う。私は情報担当ということで、便衣で牛尾上等兵ら数名とともに小隊のかなり前を、敵情をさぐりながら潜行した。

途中会った中国人に、中心坪の部落に敵がいるかいないかを確かめつつ進んだ。一人や二人では確度の高いものにならない。質問した時の土民の表情などが判断になる。本当にいないのと、いてもいないという時では相手の態度が違う。何度もこのようにしていると、大体の見当がつく。

この時は小銃程度持った敵が二、三名程度と思われたので、指定の時間に、我々の部隊は急襲することにし、山を駈け下り、便衣分隊は部落を通り抜けて出口を押さえ、本隊が部落の捜索をすることにした。予想通り銃を持った敵の姿が一、二名みえた。この時、敵射殺一、銃一の戦利品があった。

この捜索が終わっても、もう一個小隊の姿が見えない。中隊長はこの小隊の来るまで待つといわれる。もう予定の時刻は過ぎているので、私は一刻も早くここを離脱することが賢明と考え、早く山の上まで出ようと進言し争っているうちに、他の小隊が到着した。

この小隊が南京刑務所の下番兵で先程ふれた集合訓練をしていて、あるいは私がいったかもしれない小隊である。そこで、この小隊との打ち合わせもそこそこに長居は無用と離脱することにし、すぐ行動に移った。

私はこの討伐に、かつては敵側の下士官であったが、今では日本軍に協力してくれている中国人の伍長を一人連れて来た。この人達は、このような時の状況判断は私達より的確である場合が多い。この時も彼の意見を多く参考にした。彼も山の上を押さえられたら離脱がむつかしくなるので、早く出ようと盛んにすすめていた。

行動中は彼を先頭に、私と二人で敵情を目を皿のようにして、用心しながら山頂まで出てやれやれと思った。危険を感じないところまで離脱の必要があるので、部隊を休ませず急いだので、隊員は随分きつかったと思う。あとで情報を集めてみると、私達が安全地域に入った頃、敵が集結したそうである。私達は間一髪で命拾いをしたことになった。

〔独立歩兵第二三六大隊へ転属〕

私達の中隊は独立歩兵第二三八大隊だったが、昭和二十年三月十五日に独立歩兵第二三六大隊に転属している。

〈藤井伍長は三月一日付で軍曹に進級している〉

ふり返ってみると、よく転属したものである。第一回は一〇五大隊の第二中隊より七十師団創立のため五中隊が出来、五中隊要員として転属した。第二回目は昭和十九年三月に中隊ぐるみ独立歩兵第二三八大隊に転属、第三回目は昭和二十年三月に独立歩兵第二三六大隊に同じく中隊ぐるみ転属している。

2

〔終戦〕

私達は昭和二十年八月、茶鞍嶺において終戦の詔勅の出たことを聞いた。しかし、我々には敗戦の実感がどうしても湧かなかった。フィリッピン戦線のような激戦下での終戦であれば実感として受け止めることが出来ると思うが、その点、中支の戦線、特に終戦前の我々の地区では比較にならない程の平穏裡のうちに終戦を迎えた。

我々は終戦を知った時、これからの中国軍の反動的な報復、また中国民衆の動向等不安は色々考えられた。兵隊の中には馬賊にでもなるか、などという連中もおり、とにかく不安であった。

ただ一つ不思議に思ったことは、日本がこのような戦況になっていることは、中国の民衆は既に知っていたようである。それなのに我々が終戦を知らされる前も、知った後も、中国民衆の我々に対する態度は全く変わらなかった。前記合作社の社長も、その後も物資の補給もそれまでと同じようにやってくれたし、ウドン屋の親爺さんの態度も全く変わらなかった。

復員してから知ったことだが、他の国々では終戦になって民衆の態度もがらりと変わり、随分苦労をしたようである。が、中支の少なくも我々の地区には、そのようなことは全くなかった。

あの蔣介石将軍の「暴に報ゆるに暴を以てせず」の布告に、日本の中国派遣軍はどれだけ救われたことか。私達は蔣介石軍に深く感謝せねばならないと思っている。もしこのような配慮がなかったら、中支派遣軍の半数は死んでいたのではないだろうか。この頃のことを思うと、中国の民衆は偉大な民族であるとつくづく思う。

もしこれが日本人だった場合、はたしてあのような対応が出来ただろうか。例のウドン屋の爺さんが「先生《シーサン》、日本は空襲で大変らしい。家も焼けているだろうから、中国に残らないか。先生一人くらいは、私達で面倒を見てやる」という。

毎年終戦の日を迎える度に私は、この爺ちゃん、婆ちゃんのことを思い出す。また、終戦になってもいやなそぶりを全くみせなかったあの茶鞍嶺の人達のことも思い起こす。私は終戦後も華民街にいた。

ある日、前述の合作社の村長が真青な顔をして、私の事務所に駈け込んで来て紙きれをまとめたようなものを私に渡し、スラスラ（殺されるの意）になるといってふるえている。渡された紙を開いてみると、保長（保長は日本でいう区長か村長）連中の連名の連判状のようなものである。

内容は日本軍は中国との戦に敗れ、我が中国は勝利をおさめたのだから、早速日本軍陣地を接収してくれといった意味のことが書かれてあった。

我々の兵器は終戦時のとりきめで、中央軍が接収することになっているので、接収前に雑軍にでも渡すと、あとが大変面倒になるので、何とかせねばと私なりに色々対策を考えた。

〔終戦直後の雑軍対策〕

終戦になってからの中国人との折衝は、私が宣撫班の仕事をしていた関係で、どうしても中国人が私のところに言ってくる。終戦になってからは隊長も表面には出られなかったし、一々相談しても隊長は迷惑だと考えて、私の独断で随分色々なことをやった。

この保長達の雑軍への陳情についても、私は次のような行動を取った。

さきにもふれたように、この地区には鉄道聯隊もいたので、終戦後一緒のところに集結していた。私はその部隊に行き、重火器を二、三門出してくれないか、砲と重機二梃くらいあればよい。

実はこれこれこういうわけでと、先程の保長の連判状の話をして、とにかく雑軍に変な気を起こさせないような手を、早く打たないと面倒なことになる。今状況を見て来たが、雑軍が我々の目に入るところまで移動している。我々の中隊には重火器がないので、お願いするわけであるが、二、三発ぶっ放せば保長連中が必ず来るから、彼等にその時おだやかに説明するのが一番よい方法だと説明した。

が、終戦にもなっているのに、そんなことをして大丈夫かと心配顔だから、このことの責任は私が持つということで砲一門と重機を出してもらい、駅のプラットホームに据えて、先ず重機を山に向けてパンパンとやった。効果覿面《てきめん》で、私の思ったように、保長連中が血相をかえて飛んで来た。

何事かというので、彼等に向かって、君達は雑軍に日本軍陣地に進駐するよう連盟で要請しているが、終戦の布告にあるように蔣介石大人と、日本軍司令官が戦をやめること、兵器は適当な時期に充分整備して中央軍に引き渡すことを約束し調印している。その間にこの取り決めを妨害する者があれば、自衛の為の戦闘はしてもよいことになっている。もし君達が要望するように、雑軍が兵器を接収するようなことになると、あとで面倒なことになる。どうしても中央軍の接収部隊が来るまでは渡すわけにはいかない。と、たどたどしい中国語と筆談で話した。

どうしても雑軍が接収するというのなら、一戦を交えねばならないので、今試射をやってみたところだ。そうなれば、この部落も焼けるかもしれないとおどしたら、ちょっと待ってくれといって飛び出して行った。しばらくして、雑軍とは話がついたので面倒は起こさないでくれという。

こちらは面倒を起こす意志は全くないので、とにかく一度雑軍の指揮官と話したいから連れて来てくれと申し入れた。そうしたら、その部隊の副官という人が合作社社長と一緒に来た。

私は先ほど保長連中に話したように、とにかく日本は中国との戦に敗れたのである。蒋介石大人と日本軍司令官の終戦の取り決めに従って、我々は行動せねばならない。中国はこの世界大戦で世界の一等国になったのである。君達とすれば一日も早く、日本軍の武器を接収したいだろう。その気持はわかるが、これは両国の取り決めに従うことが、お互いの面子を立てることになる。これが少々早かろうが遅かろうが、五十歩百歩ではないかと筆談で示したところ、合作社の社長が先生、そんなむつかしいことを書いても彼には通じないという。この副官というのは、あまり教育は受けていない人物なのかもしれない。このことについては、合作社の社長からわかり易く話すということで、納得いくように説明してくれた。しかし、彼と色々な話をしているうちに、東洋民族の団結が必要とか、白化論が出たりするのをみて、彼は合作社の社長のいうように無教育の人物ではないことがわかった。

この戦争は不幸なことではあったが、雨降って地固まるのたとえのように、これからは中国、日本のほんとうの提携があってこそ、東洋の発展につながるということで、意気投合し、大変有意義な会談となった。

中国の人との折衝は、中国人の面子を立てることである。終戦時の私の経験では、面子を表に出して交渉することによって、殆んどのことが解決した。この副官との交渉でも、戦勝国であること、世界の一等国民になったこと、そのような国民としての面子にかけてもということを表に出して話したことが、円満な解決につながったのだと思う。

3

〔思い出一　終戦と日本軍使用の通訳密偵〕

私は武漢地区の茶鞍嶺で終戦を知ったことは前にふれたが、その時も割合兵隊達は冷静であった。全く動揺らしいものは見られなかった。軍紀も今までと変わりなく、敗戦という感じとは程遠いものであった。ところが私にとっては、ある意味で大変なことであった。

第一に私が情報担当者だったということである。この仕事は宣撫の仕事もしていたので、中国民衆とのパイプ役のようになっていたことである。

第二に終戦になってからの中国側とのトラブルは終戦前のように、軍の力で押さえるということが全く出来なくなったことである。

第三に中国人との終戦後の交渉は、隊長を表面に出して解決というわけにいかなくなったこと、従って自分の判断で何とか解決せねばならなかったことである。

終戦になって私の使用していた密偵、通訳が雑軍にすぐつかまった。そして彼等は逃げられないように真裸にして監禁されていたようである。数日後、彼等は真裸のままで私のいた分屯に逃げて来た。私はちょうどその時いなかったが、実に面白い恰好だったようである。「ふりちん」で真昼間逃げて来たのだから、彼等にしては命がけだったことと思う。

今まで日本軍に協力したので、敗戦ともなればこの人達は大変むつかしい立場に立たされるので、私はこの人達の身の安全を考えてやらねばならない。そこで人口の多い漢口へ逃がすことにした。彼等もお金を持っていないので、お金の工面からしてやらねばならない。私は軍の持っていた物資を売却して金に換え、この人達に金をやり、汽車に乗せることにした。

先程の雑軍の件もあるので、汽車に乗せる時が一番危険である。私は終戦になって中国民衆とのトラブルに直接かかわらねばならなかったので、身の危険も多分に感じていた。場合によっては責任上、私の自決まで考えていた。従って私は、ピストルをいつも肌身離さず持っていた。

この人達を汽車に乗せる時も、充分警戒護衛した。この人達がどうなったか知る由もないが、この時逃がした通訳が、それからしばらくしてこの駅を通過する時、駅停時間を利用して、藤井宣撫班長と大声で叫ぶのを日本の兵隊が聞きとめて、何かというと、私はこのように中国軍の軍曹になって、元気にやっていると伝えてくれとの伝言があった、この中国人は私と宮本曹長がよく使っていた若い中国人であった。

〔思い出二　敗戦・撤退部隊との対応〕

この沿線は広東打通作戦のため夥《おびただ》しい南下部隊が通過したが、終戦になったため、この部隊が漢口方面に撤退をはじめた。これ等の部隊が我々の警備地区を通過する。部隊と中国人の間にトラブルも生じる。

中国人から日本軍に牛を取られたとの訴えがあった。早速その部隊の宿営地を訪れ、部隊長(旅団長)に面会を申し込み、私はこの地の宣撫班長をしていた者ですが、この土地は住民が非常に日本軍に協力的であること、従ってトラブルは避けたいという事情を懇々《こんこん》と説明して、部隊長も、苦労をかけてすまない、といわれた。わかってもらえたのである。

しかし、この先、こんなことが度々起こったら、私は一体どうなることだろうと、少々心配であったが、持ち込まれたことに対しては出来るだけ誠意をもって当たり、むつかしい時は合作社社長等の力を借り、相手の理解を求めるようつとめた。

現地に来ている邦人の家の二階に終戦後、中国人がはいり込み、その家の乗っ取りを計り、敗戦のため邦人も強いことがいえない。相手もそれを見越している。

私に相談があったので、思案してその家の階下に二個分隊を入れた。便所に行くにも階下を通らねばならない。こちらは兵器はもっている。さすがの闖入者《ちんにゅうしゃ》も困って出て行った。

中国側の代表者のような人がいて、この人を立てて交渉が出来るとやり易いのであるが、終戦直後の混乱期には、それだけの政治的影響力のある相手がいなかった。

どうしても独断でやらねばならぬことが多く、まかり間違えば中国側からやられても文句のいえない立場の日本軍である。従って私は大変むつかしい立場にあった。

中国人との間のトラブルが面倒になれば、それを扱った当事者が責任をとらねばならない。先程の闖入者にとった私の対策も、ちょっと面倒なことになるのではと案じたが、幸い何たることもなかった。

〔思い出三　茶鞍嶺との別れ〕

思い出多き茶鞍嶺をいよいよ去る日が来た。明夜半に出発するという命令を受けたが、軍の秘密でお世話になった中国の人たちとも別れをしたいのが私の気持であるが、これが出来ない。よく協力してくれた合作社の社長や分屯前のウドン屋の親爺さんにも明日出発するともいえない。あれだけ我々のためにつくしてくれた人たちに一言のお礼や、別れの挨拶もせずにここを去るのは、私の性分としては耐えがたいことであった。

ウドン屋の親爺さんには米が半俵残っていたのでそれを渡し、それとなく別れのしるしにしたが、先方も何か感じていたのかもしれない。合作社の社長には、遂に何も告げずに出発した。恐らく日本人は不人情な奴と思ったかもしれない。私としては大きな心残りであった。

私は毎年終戦記念日になると、この頃のことを追憶するのだが、何時も不思議なのは、蔣介石という人は偉大な人物だと思う。自分の夫人が日本軍の爆撃で死んでいる。「以血洗血」という碑まである。そして、あれだけの中国民衆が死傷し、あの長年月にわたり自国を占領されていて、しかも我々には「暴に報ゆるに暴を以てせず」の言葉がいいえたということである。

私はあの終戦時に、中国の支配者や一般民衆の取った態度は、とても日本人の太刀打ちできない民族のように思われてならない。あの中国三千年の歴史の中には偉大なる宗教家を生み、中国民衆の中に甚大な影響を与えているように思われる。

もう一つ考えてみても、今でも結論の出ないことの一つに、合作社の社長の行動がある。彼の行動は中国側とも充分了解の上、日本軍に協力したのではないかとも思われる。終戦にでもなると、日本軍に協力したということで、確かに困ることになると思われるのに、よく協力してくれた。

彼は武漢大学の卒業生で、中国ではインテリである。彼の身内には、かなり有名な人物が漢口あたりにいるような噂も聞いたことがある。合作社とすれば、日本軍の物資の購入は中国農民の経済生活の上には大きな存在であったかもしれない。

合作社の社長の立場も大変むつかしいものがあったと思うが、スケールの大きな中国人だけに、この辺の事情には一通り計算されての対処かもしれないとも思ったりしている。

抑留から復員まで

1

〔抑留所への移動〕

茶鞍嶺地区にいた鉄道聯隊は、我々の移動後もここに残ることになった。彼等としては随分心細い思いをしたことと思う。

私はこの地を出発する直前に前述の雑軍の指揮官に私の持っていた物資を渡し、我々は何れここを移動させられると思う。が、もし鉄道聯隊がここに残留する場合は、君達に守ってもらわねばならないのでよろしく頼む。とにかく戦は終わった。これからは何としても中国の復興を図らねばならない。これからは日本軍も協力すると思うので、力になってやってくれと、よく頼んでおいた。

このことに関しては、私が内地に復員してこの鉄道聯隊にいた人に会う機会があり、先程の雑軍が大変よくしてくれて、宣撫班長からも頼まれているので、不自由なことがあればいって来てくれと、とてもよくしてくれたとの話をきくことができた。中国人はお互いの信義的な面は、面子《メンツ》にかけてよく守る民族だと思った。

華僑が世界各国に商業面であれ程の進出をするのは、商業的約束はきちんと守り、相手との信用の上に商取引をきちんと守ることが、これ程の発展につながっているのではないかと思う。

話が余談に入ったが、我々は茶鞍嶺を夜半に出発して「ヨウロウドウ」に移動したように思う。

ここには他部隊も集結していた。これからがいわゆる捕虜生活に入るわけである。しかし一般に考えられている収容所とは、かなり趣がかわっていて、中国の一集落に日本軍を入れ、そこで自由に生活させてくれた。鉄条網が張りめぐらされているわけでもなく、一定の区域の中での生活であった。

私はこの時、第六師団出身の清水君を知った。この人は下関市長府の清水時計店の当主である。私は旧制中学は豊中に通っていたので、この清水時計店の前を毎日通っていた。そこで昔話がよく通じて、つれづれの慰めになった。

この部隊はほんとに着のみ着のままで、毛布も持っていなかった。冬というのに外套を持っている程度であった。部屋にイロリを切って、わずかに暖をとっていた。

この収容所は自由ではあったが、退屈でもあった。我々の労働といえば、中国軍の使役に出るくらいのものであった。

食糧の配給を受けていたので、道路工事やトーチカ作り等に使われた。でも決して無理な労働はさせなかった。監視つきとかノルマといった、ソビエト抑留者のようなことはなかった。

〔道路工事〕

ある時、二泊程度の予定で、道路工事に出たことがあった。その時は中国人の民家を宿舎にした。私達の小隊の割り当てられた家は中国の米屋さんだった。

この家の主人に通訳と挨拶に行ったところ、そこの主人は今日は日本の兵隊さん達が来てくれたので、店を休んで家族全員で遊びに行くから、自由に使用してくれという。釜や鍋も自由に使ってくれという。

こちらの方が面喰らった。終戦後の日本軍は食糧は決して充分ではなかった。いもの中に米の入ったご飯を食べていた。

こんな状況の我々の生活の時だけに、兵隊が変な気を起こして米を盗むようなことがなければよいがと、急に心配になって来た。全員を集め、この家の主人の言葉を話し、絶対に信頼を裏切らないよう訓示した。

この頃の我々の食事はいもと米が七対三くらいの割合であった。人間飢えた時が、一番トラブルが多くなるものである。

私は自分の分隊の食事分配は特に気を使った。全員の前で誰も見ているところで、平等に分配し、初年兵が不平等な目にあわないように、配慮した。米のご飯だけを要求する者には量を少なくし、いもと米を混ぜたものを要求する者には、量を多くする等希望によって量を変えた。食事の平等が落伍者を出さないようにつながると考え、分配の厳正を期した。

兵隊の中には色々な特技を持っている人がいる。この時の工事では、釣の上手な兵隊に作業をさせずに、魚を釣って来てもらうことにした。

この時知ったのだが、中国にも日本のギギュウがいた。これを焼いて食べるわけだが、醤油がないので岩塩を溶かして食べた。

野菜が不足するので、属名「ホイトネギ」を取ってよく食べた。今でも田や畑の畝などで見かけると、当時を思い出す。このことでもわかるように、中国側の監視は殆んどなく、工事も日本側の自主性にまかされていた。

また、こんなこともあった。小隊の兵隊で軽便なのがいて、夜半中国人農家の芋倉に忍び込んで、いもを盗んだ連中がいた。この地方ではいもを貯蔵するのに竪穴《たてあな》を深く掘って、それから横穴を作り、そこに貯蔵していた。彼等は穴に入るのに「つたかずら」を用意して下りてゆき、天幕にくるんで持ち出したとのことであった。

このような行為を中国人が知ることになると、我々は敗戦国民だけに、あとが大変である。場合によっては、内地帰還が伸びるようなことにもなりかねないので、中国側とのトラブルは絶対に起こしたくないので、随分気を配っていたが、やはりこのような要領のよい連中がいた。

先程の米屋さんの日本軍への信頼度等からも、この地区を警備していた部隊は余程軍紀が厳正で、宣撫等も行き届いていたように思った。さもないと、日本の兵隊が来たから家を空けて遊びに行くなどといわないはずである。これに比べると、食糧に不足はしていたが、面白半分のいい泥棒は少々気はずかしい気がした。

〔山口県人気質と、テミノと饅頭〕

我々は中国側のトーチカ造りをさせられたことがある。戦争は終わったというのにトーチカ造りがちょっと腑に落ちないので、なぜトーチカ造りをするのかとたずねてみると、新四《シンス》兵来来《ビンライライ》（中共軍が来る）という。中共軍の活動が活発になっていた。

私達が作業に出て感じたことは、一定の区間を各部隊に示し、今日はこれだけの作業をしたら終わりにするというと、山口県出身部隊は一瀉千里《いっしゃせんり》にやってのけて、一番早く終わるのが常であった。これに反して一日中働くような仕事になると、のろのろやっていた。他部隊は何れの場合も同じペースでやっていた。

出身地によって兵隊の気質にも随分相違があるように思った。山口県出身の部隊は確かに目先のきく人達であったが、これは山口県人のよい面でもあるが、また悪い面でもあるように思った。

先程のトーチカ造りの使役に出た時、作業を休んで休憩していると、日本でいう部落長や村長のような立場の中国人が、我々が作業に使用しているテミノ（土を運ぶざる）にしかも土のついたのに、饅頭を入れて食えといって持って来たので、私が引っくり返してやった。ところが、この中国人が怒って「スラスラ」（殺す）といって、中国軍の監視兵のところに私を連れていった。

私の分隊の兵隊達もどうなることかと、かなり心配したようである。あるいは敗戦国へのみせしめということで、やられるのではないかとも思った。が、私も今までの中国人との交渉をしてきた時の感じで話せばわかるだろうと、大体の見当はついて、このようなことをやったわけだが、これも相手の人物次第である。

監視兵のところに行ったら、最初はかなりの剣幕であった。この時も私は面子を持ち出した。この度中国が戦いに勝ったのも、中国が正しい戦いをしたことによると思う。私達は日本にいる時、中国から伝来した儒教の教えによって生活を律してきた。学校でもこの精神が教えられて来た。

今日我々に食べろといって持ってきた入れ物は、作業に使用する土のついた不潔極まるものである。牛や馬に与えるのならともかく、いかに敗戦国民とはいえ、食糧である以上、清潔な食糧の入れ物で出すのがたてまえで、折角の好意も、また戦勝国民としての面子もなくなるのではないかと、面子を表面に出して押して行ったところ、中国側の監視長は急にあやまってきた。

確かに君のいう通りだ。この人が間違っている。といって、課長のような私を連れて来た人を叱りつけていた。私には煙草などくれ、何事もなくすんだ。帰って戦友と煙草をわけあって吸った。

今まで何度もふれたように、中国の人は話せばわかる人達であった。自分達が受けた迫害にうらみを持っての報復的態度を、少なくとも私は感じなかった。

〔薪切り〕

終戦後の抑留生活は、時間を持て余す程のんびりしていた。時間つぶしに野球の試合もやっていた。牛尾兵長はこの面でも特技を発揮していた。我が中隊のピッチャーをやると、相手チームはなかなか打てなかったようである。

もう一つ、この抑留中は入浴が大変であった。かなりの部隊が集結しているので、薪の問題があった。これがなければお風呂にも入れない。ここでは付近の山へ薪切りに行った。

我々の兵器は既に中国軍に接収されているので、切れるものといえば小型ナイフ程度である。このナイフで切れる程度の木を切って帰り、薪に使用するわけであるが、生の木を焚《た》くので風呂当番は一苦労である。

私は今でもふしぎに思うのは、この山の木は当然、誰かの所有林と思う。これだけの抑留者の入浴や炊事に要する薪は相当の数量になる。私達は何度も木を切りに行ったが、別に何のとがめも受けなかった。

今考えても、日本軍が買い取るにしても、抑留所にいる部隊にお金があるとも思えず、どのようにして薪を切らせたのかふしぎに思っている。

2

〔茶鞍嶺よりの使者〕

このような毎日を送っているある日、抑留所にいると、私の小隊の兵隊が、藤井班長、中国人が訪ねて来ているという。とっさに私の口をついて出た言葉は「いる」といったかであった。いるといったという。

前にもふれたように、私は情報関係の仕事をしていたので、あるいは戦犯関係の取り調べを受ける不安があったので、すぐそのことが頭に浮かんだ。

いるといった以上仕方がないので、出てみると、前にも何度もふれた茶鞍嶺分屯前のウドン屋の親爺さんである。これで一先ず安心はしたが、何で来たのか見当もつかない。何事かと聞いてみると、茶鞍嶺では班長達が食糧が充分でなく、栄養的にも困っているとの噂があるので、部落の者が少しずつ出し合って持って来たと卵を四〇個ほど持参している。実は班長がどこにいるのかわからず、探すのに五日かかった。たまたま分屯にいた顔を知っている兵隊さんがいたので、会うことができたと話してくれた。私は何といってよいか言葉も出ず、爺さんをしばしみつめていた。

中国の歩哨がこの頃は立っており、よくここまで来られたとあきれもし、感謝の気持をどう表わしたらよいかと、とまどった。とにかく住民の好意を謝し、早くここを出なさいと、中央軍の歩哨にでもつかまると面倒になるので気があせった。

こちらも何かお礼をしたいと思うが、適当なものがない。何かの時に役立てたいと思って中国銀貨を五枚ほど持っていたので、少ないがこれを部落の集会の時でも、私からといって何かの足しにしてくれといって出したところ、爺さんは怒り出して、金をもらおうと思って来たのではないという。仕方がないので、銀貨を引っ込めて「石けん」をお礼にやることにした。

当時の中国では「石けん」は貴重品であった。

軍の配給品としてもらっていたので、大型の石けん五個を集めて爺さんに渡し、部落の皆さんで分けて使ってくれるよういって帰ってもらった。

爺さんは帰る時、「先生、兵隊さんが帰還する時、茶鞍嶺を通るようだったら是非寄ってくれ、皆で会食をしたい」という。私はもし茶鞍嶺を通るようだったら必ず寄るといったが、実際問題として、そのようなことが出来るわけでもなく、うそをいっていることに気が咎《とが》めた。

この思い出など、国と国は戦争による敵国であるが、お互い個人的な人情にはお互いに通じるものがあり、今思い出しても中支六年間の温かくなつかしい思い出である。私も七十歳を過ぎたので、彼等も既にこの世にはいないだろうが、もし会うことができたらどんなになつかしいことだろうと思いながら、四十年の歳月が過ぎる。

毎年八月十五日の終戦の日はお盆にも当たるが、私の祖先を拝む時、この中国のお爺ちゃんの冥福も祈ることにしている。

〔盗難〕

終戦になり抑留生活をするようになってから、軍隊の階級制度はなくなり、階級章もはずしていたが、我々の部隊は軍紀はよく保たれていた。前にふれた南京下番の兵隊も各中隊に配属されて来た。彼等も分散すると特に変わった点もなかったが、集団になると軍紀の保たれない場合もあった。

私の分隊でその頃、盗難と思われる事件が時々起こるようになった。盗難といっても抑留生活なので、持っているものといえば身につけるものばかりである。復員時に着るものがなかったり、履くものがなかったりで困る者が出るので、やめさせねばならぬが、誰がやっているのかどうしてもわからない。

数名の者に頼んで兵隊の行動を監視してもらっていたところ、ある日私の分隊の○○が、靴を中国人に売っているのを見たと知らせてくれた。何としてもこの盗みはやめさせねばならないので、その時の場所、相手の中国人の人相、渡した品物、兵隊の服装等くわしく聞いて、私が見ていたことにした。

皆が寝静まった夜半、呼び出して詰問したところ、はじめは知らぬ存ぜぬであったが、場所、服装、相手の中国人の人相まで私が見ていたといったので、やっと白状した。私は軍隊に入って、兵隊をなぐったのはこの時がはじめてである。

〔死没者名簿整理への出張〕

抑留生活中に部隊の死没者の名簿整理のため、漢口の病院への出張の命令を受けた。終戦前の日本軍であれば、ある程度の特権のようなものがあったが、戦いに敗れた日本の兵隊の旅は大変である。出張といっても、この間の出張に要する現物の米を少しもらうだけである。私を長とする衛生兵二名の一行三名であった。先ず困ったことは、お金が全くないことである。仕方がないので、私の腕時計を中国側の士官に売って金を作ることにし、時計とバンドを別々に売って少しばかりのお金を作り、これを持って出発した。

汽車で漢口まで行くのだが、汽車も車内の席には乗せてもらえない。汽車の屋根に乗れという。漸く屋根に上ると、今度は中国人が薪を屋根に積むのを、煙草を一本やるから手伝えという。敗戦のみじめさでいやともいえない。この積み込みを手伝う。

もう一つ困ったのは、戦争に敗けたので、中国の兵隊に敬礼をせねばならないことである。一々敬礼をさせられるのには閉口した。こんなこともあった。日本軍の参謀が欠礼をしたという理由で、街中に三十分も立たされたという話も聞いていた。我々もこんなことにならないように、出来るだけ敬礼をすることにした。

さて、汽車を降りて一夜を過ごさねばならない。日本軍の駐留しているところに行って宿泊と夕食を頼んだが、米を出して飯をたいてくれといっても出来ないという。寝るのは衛兵所の土間で寝ろという。癪《しゃく》にさわるので、私は中国人の家に行って飯盒炊爨《すいさん》をさせてくれと頼んだら、鍋まで貸して快く応じてくれた。日本軍より中国人の方が余程ましだと、この時思った。

漢口の病院について中国兵の持物検査を受けるのだが、これがまた大変である。例えば雑嚢各一個で三人だから三個、帽子三個、靴三個3×3＝9個が中々出来ない。

最初はイ、アル、サン、スウ、ウーと数えてゆくが、この辺からわからなくなる。何度もやりかえたが、とうとう帽子を三つ一まとめに、雑嚢三つを一まとめ……にし、イ、アル、サンでやっと検査が終わった。

私はこの出張には、本来の命令の仕事以外にもう一つの目的があった。兵隊の中にはマラリアにかかって熱を出す連中が終戦後もいるので、これの特効薬キニーネをもらって帰ることであった。靴下の下やら、フンドシの中にまで忍ばせて持ち出し、部隊のマラリア患者の治療に使った。

〔復員〕

昭和二十一年の春を迎え、我々も待望の内地帰還が出来そうになった。我々の部隊も漢口に向け集結することになった。

さて、この集結地には旧日本軍の大部隊が集結しており、何れの兵隊から上海に輸送するかで統制のとれなかったこともあったようである。終戦前の日本軍であれば命令一下、整然と行なわれるのであるが、先を急ぐため、部隊長の根性のはげしい人は強引に割り込みを強要する部隊もあったように聞いている。

この復員作業は漢口より船で下る部隊、汽車を利用して下る部隊、民船利用部隊と色々あったが、我が部隊は船と汽車を利用して上海に向かった。漢口より南京までは船を利用し、南京から汽車輸送になった。この時の汽車は途中で度々停車する。そうすると毛布前への「テイデン」が来る。要するに、汽車の機関士に袖の下を渡さねば動かぬということである。こんなことで、かなり長時間かけて上海に到着した。先程ふれたなぐり込みをかけて割り込んだ部隊は民船で下ったようだが、これまたあちらで止まり、こちらで止まりで、結局我々の部隊があとで出発したが到着は先になった。我々の部隊長は、このなぐり込み部隊に対し、こんな句を作ったと聞かされた。

「何をガアガア馬鹿烏《がらす》あとの烏が先になる」

さて、上海に到着してから持物検査、検疫が何度も実施された。このような集結地で一番こわいのが伝染病である。事実ここで残留した兵隊も出た。私の中隊でも、私と同郷の赤川誠吾君がここで入院した。前にも彼のことにはちょっと触れたが、とても元気な兵隊であった。栄養失調は大なり小なり誰もあったが、腸を悪くしていたと思う。

終戦後、内地帰還を唯一の望みにして今日まで頑張って来たのに、残して帰るということはほんとうに忍びないことであった。大部隊が集結しているので、入院しても充分な治療がはたして出来るか心配であった。別れに際し、わずかしか残っていない私のお金を全部渡し、何としても頑張って復員するよう励まして別れたが、本人としては随分淋しい思いをしたことと思う。

幸い病状も軽く、我々より少しおくれて無事復員し、山口県美東町の美東病院前に売店を経営し、繁昌している。

私は昭和二十一年六月一日に博多に上陸した。埠頭は占領軍が管理しており、疲れてよたよたの復員兵を、急げと鞭でしばかれながら走ったものである。

埠頭で印象的だったことは、日本のパンパンが真赤な口紅をつけて煙草をくわえ、占領兵士といちゃいちゃしており、復員兵が鞭でしばかれるのを見てゲラゲラ笑っている姿は、これが敗戦というものかと、何ともいえない気持であった。

私達は下船して汽車に乗って郷里に向かうまでの待ち合わせ中に「むすび」をもらったように記憶する。博多から汽車に乗り、郷里山口県に向かった牛尾君、岡崎君と私の三人が一緒であった。

美祢《みね》線に乗り換えるため厚狭《あさ》で下車、牛尾伍長の御親戚の家で御馳走になり、郷里秋芳町秋吉に帰着した。

この日に帰るということは誰にも通知することは出来ず、家の者には突然の帰還であった。

あとがき

私は戦記作家として、一度、一人の兵隊の、入営から終戦までの事蹟をまとめられればと思っていた。この本の表題になる藤井軍曹がそのモデルということになる。藤井氏は平成十七年に九十三歳、私も老兵の一人なのだが、私よりはるかに老兵、それでいて若々しく元気で、農事さえやっていられる。戦後六十年の現在、戦中世代が姿を消しつつある時、氏の健在は私たちの大いなる励ましになる。

本文に詳しくあるが、藤井信氏は、昭和十五年に軍隊に入り、中国の一定の地域（浙江省）で、駐屯生活、さまざまの作戦、終戦に至るまでのできごとを経験されている。氏の物語は絵巻のように、自筆の記録「わが兵隊の記」に、生き生きと描かれている。藤井氏は終始広島編成の「槍兵団（第七十師団）」の独歩第一〇五大隊に所属されている。二等兵から軍曹までの経験は実に多彩である。浙贛作戦では負傷もされている。

藤井氏が初年兵の時経験された、この錦江作戦は、まことに異色の内容をもっている。藤井二等兵にとっては、この上なくきびしい戦争体験、しかも敗戦体験である。司令部の作戦企図の失敗を、下層の将校下士官兵が、中国軍の大軍の網の中で辛酸を重ねる深刻な様相が描かれる。しかも、この作戦は菜の花の咲く季節に行なわれたため、弾丸雨飛の中で、兵士たちは全身に菜の花を浴びながら死傷してゆく。戦記としては、まことに異様な印象を、読者諸氏に与えると思う。

藤井氏は、現在郷里の秋芳町で、農業組合その他の要職で働いていられる。戦記は、死者の魂を鎮魂し、生者に勇気を与えることを念願するが、この本を世に問う意義は、戦後六十年を記念して余さない。藤井氏は、自筆の「わが兵隊の記」の末尾に〝この思い出を書くに当たって四十数年の時の経過は人の名前、地名、部隊編成等思い出せなかったものが多かった。私が先に所属した第二中隊の川之上中隊長には生前お世話になり、この手記のまとめに一〇五大隊誌「槍友」や、本部の宇佐川准尉より作戦資料の提供もいただいた。ここに深く感謝します〟とあるが、本書の錦江作戦をはじめ、その他の作戦資料については「槍部隊史」を編纂された秋山博氏の記述に従った。秋山氏も藤井氏と同じ独歩一〇五大隊に身を置いた人であり、また、軍事研究家として、光人社版のこのシリーズには、しばしば、専門意見を参照させてもらっている。また防衛庁戦史研究室の資料にも、負うところ大きかった。

この本の最末尾の、藤井軍曹の記録には、むつかしい日中関係が、信じがたい円満さで相互理解を持てたことに、読者は感銘させられたことと思う。底辺では戦中から既に日中親和のムードがあった。このシリーズの戦記は、つねに公正な史実を忠実に紹介している。

終わりに、戦友会の諸氏に、多くのご協力を得たことを、ここに記して深謝の意を表します。

（伊藤桂一記）

単行本　平成十七年八月　光人社刊

NF文庫

藤井軍曹の体験

二〇一七年五月 十五 日 印刷
二〇一七年五月二十一日 発行

著 者 伊藤桂一
発行者 高城直一

発行所 株式会社 潮書房光人社
〒102-0073 東京都千代田区九段北一-九-十一
振替/〇〇一七〇-六-五四六九三
電話/〇三-三二六五-一八六四(代)
印刷所 モリモト印刷株式会社
製本所 東 京 美 術 紙 工
定価はカバーに表示してあります
乱丁・落丁のものはお取りかえ致します。本文は中性紙を使用

ISBN978-4-7698-3008-5 C0195
http://www.kojinsha.co.jp

NF文庫

刊行のことば

第二次世界大戦の戦火が熄《や》んで五〇年——その間、小社は夥しい数の戦争の記録を渉猟し、発掘し、常に公正なる立場を貫いて書誌とし、大方の絶讃を博して今日に及ぶが、その源は、散華された世代への熱き思い入れであり、同時に、その記録を誌して平和の礎とし、後世に伝えんとするにある。

小社の出版物は、戦記、伝記、文学、エッセイ、写真集、その他、すでに一、〇〇〇点を越え、加えて戦後五〇年になんなんとするを契機として、「光人社NF（ノンフィクション）文庫」を創刊して、読者諸賢の熱烈要望におこたえする次第である。人生のバイブルとして、心弱きときの活性の糧《かて》として、散華の世代からの感動の肉声に、あなたもぜひ、耳を傾けて下さい。